「おはようございます」
「藤城さん、今日からよろしくお願いします」
間宮《まみや》ユリカ
YURIKA MAMIYA
美人な先輩お姉さん。広報を務めているが、実は天然でおっちょこちょい。失敗をしているところだってかわいい。

「結婚を前提に
お友達になって
くれませんかっ？」
PONKOTSU KAWAII
MAMIYASAN

「うんまぁぁ」
雪村《ゆきむら》ヒナ
HINA YUKIMURA
私立のお嬢様学校に通うJK。プログラマーを目指し、アルバイト中。藤城をからかうのが大好き。
「ユリちゃんって末っ子感強いよねぇ」
「間宮さんってすごく…その、可愛い人なんだなって」
木内《きうち》ミコ
MIKO KIUCHI
藤城の元同級生。「氷の女王」と恐れられているが、本当は優しい。総務部所属のガチゲーマー。
「確かに、間宮さんは先輩っぽくはないっすねぇ」
「おいひぃ」

ポンッ！

「あでっ！」

「私こそごめんなさいっ」

藤《ふじ》城《しろ》悠《ゆう》介《すけ》
YUSUKE FUJISHIRO
PCに詳しい陰キャオタク。人とコミュニケーションを取るのが苦手だけど、SNSでは有名な人気カメグラマー。先輩の間宮さんにSNSを教えることになり!?

「あの、何も見てないんで」

「は、はいっ ふつつかものですが よろしく お願いしますっ！」

「多分それは ナニトゾじゃないすかね？」

「ああ、何卒！」

ぽんこつかわいい間宮さん

～社内の美人広報がとなりの席に居座る件～

小狐ミナト

ファンタジア文庫

3191

口絵・本文イラスト　おりょう

目次

ぽんこつかわいい間宮さん
～社内の美人広報がとなりの席に居座る件～

CONTENT

PONKOTSU KAWAII MAMIYASAN

Author: Minato Kogitsune
Illust: Oryo

プロローグ

ぎゅうっと抱きしめられたシャチのぬいぐるみが窮屈そうに縮こまっている。細くて白い腕。すらっとした長い足。

ふんわりカールしたロングの髪に芸能人顔負けの美人。それでいて、「男の人と二人で遊びに行くのは初めてなんです」と言った彼女。

真っ赤な顔で、まるで告白するみたいに間宮《まみや》さんは言った。

「結婚を前提にお友達になってくれませんかっ？」

くっと下唇を噛《か》んで上目遣いで俺を見つめている。

圧倒的美の暴力とはまさに彼女のことだろう。

そんな間宮さんに告白？　をされているのは、生まれてこのかた陰キャを貫いて来た俺。

間宮さんのような華やかな女性とは話すのだってほぼ初めてだったし、雲の上の存在だと思っている。

俺が陰キャとかブスとかじゃなくて……。

「結婚を前提にお友達」ってなんだ？

「お友達……ですか」

俺の言葉に間宮さんは、わっと泣きそうな表情になってアワアワと口を動かす。

やっぱ俺みたいなキモい陰キャに変なことを言ってしまって慌てているんだろうか。

それとも俺に断られたと思って……？　まさかな。

「オトモダチ、オトモダチですっ！」

間宮さんが「お友達」を強調して言うと俺に背を向け、

「ま、また明日……」

と言ってマンションの中へと走り去っていく間宮さんの背中を見ながら俺は心臓が飛び出るんじゃないかと胸を押さえた。

今のって告白……じゃないよな⁇

「お友達……か」

俺は自分を落ち着かせるように呟《つぶや》いた。

つい数週間前に隣の席に座ることになった社内のアイドル間宮さん。一体間宮さんは何を考えているんだろう？

俺はくるっとマンションに背を向けて歩き出す。

これは、生まれてから22年間陰キャな俺が、社内のアイドルさんこと一個上なのにちょっとぽんこつで可愛《かわい》い間宮さんに、振り回されながらも成長していく物語である。

仕事の心得1　アジェンダはしっかり組むべし！

「おはようございます」

社会人の朝は早い。同じ時間に起きて同じ時間の電車に乗り、その繰り返しを後40年……？　たまったもんじゃねぇな。

ぼっちで嫌いだった学生時代が恋しいなんて、思ってもみなかった。

俺、藤城悠介《ふじしろゆうすけ》は陰キャな青春時代を過ごした社会人だ。地味な人生を送る予定だったが、どこが狂ったのか俺が入社したのはキラッキラの広告代理店である。

(まぁ、エンジニアだから会社のやつらと関わることは少ないけど)

エンジニアは、2年目からリモート勤務をすることが許される。あと少しの我慢だ。リモートになればこのキラッキラリア充たちと顔を合わせなくて済むしストレスも少し減るだろう。

「おはようございまーす」

明るい女性社員の声が社内に響く。うちの会社には美人が多い（というかほとんど美人しかいない）けど、彼女たちの視線に俺たち開発部は入らない。まあ、見た目も地味だしそもそも人いないし。

特に綺麗《きれい》な子が多い営業部所属はほとんどがカメグラ（カメラグラムという写真投稿SNS）フォロワー3000人超えの素人《しろうと》カメグラマーだし、中にはミスコン出身者や元モデルっていう経歴の子もいるらしい。

（眼福、眼福）

まぁ可愛い子たちを見ることはできても関わることはほとんどないし……俺には関係ないけど。


「ねぇ、昨日クラブでさぁ～」

「まじ？　やっぱ！　あっ、そうだ今度一緒にBBQしよーよ！」

「いいじゃん！　グランピングにしたらカメグラ映えするやつ～！」

「そういえば、偽物《にせもの》さんがこの前出してたチーズとベーコンのキャンプ飯やりた～い！」

「わかる～！　偽物さんの今日の投稿もよかったよね！　絶対イケメンだよ～あれ」


と陽キャな女の子たちに圧倒されている時、俺のスマホの通知が鳴った。

スマホは俺の心の友……じゃなくて。

（おっ、今朝の投稿も調子がいいな）

俺は画面を見て少しだけニヤついた。ほんの少しだけ。

（これで、レシピ本で不労所得の夢に一歩近づいたな）


実は彼女たちが話題にしていた「偽物さん」の正体を知っている。

知っているというか……。

俺の正体はカメグラでフォロワー数十万人を抱える人気インフルエンサー「偽物さん」の中の人。

偽物さんは「料理系男子」を代表するインフルエンサーになっている。

その特徴は顔出しをしていないこと。

最初は顔出しする気がないから人気はでないかな？　と思ってたけど、逆にミステリアスなところがバズった理由だったりするので世の中不思議なものだ。

今日もスマホを見れば数百の通知で埋め尽くされている。本日の朝食写真へのいいねは数万件、「美味《おい》しそう」「手が綺麗でかっこいい」「男だけど憧れる」「旦那さんだったらいいのに」なんてコメントもずらり。

でも、そんなキラキラな「偽物さん」の中身は俺。社内の角《カド》っこに座る陰キャなのだ。

「おはよう、藤城くん」

「……はよっす」

「藤城くん、朝の挨拶は元気にしようねぇ」

俺に声をかけてきた三島《みしま》部長は俺の親父《おやじ》よりもじいちゃんに年が近い。

開発部の部長である。

「いやぁ、今日もいい天気だねぇ」

出た。三島部長のおじいちゃんトーク。俺は苦笑いをする。なぜなら今日も仕事が山積みだし、これに付き合うと長い。

「よっ、期待の若手っ」

「や、やめてくださいよ」

「そ、そうだ。今日は木内《きうち》くんにお願いがあるんだった、よっこらせいっ」

三島部長が席を立つと俺の周りはがらんとする。

悲しきかな、俺が仲良くしてもらっているのはこのおじいちゃんくらいなのだ。

「おはよーございまーす」

その声がすると会社の中の視線がぐっとその子に向いた。その子は片手に有名コーヒー店のテイクアウトカップ。何が入っているのかわからない小さなカバン、今日もナチュラルメイクなのにとても美人。

いつ写真に撮られたって構わないといった自信満々の笑顔。

――社内のアイドル……こと広報の間宮《まみや》さんだ。


～一年前～

「よかったらうちの会社も受けてみてくださいね」

「きっと楽しい社会人生活になると思いますよ！」

「私、新卒で広報をしている間宮と言います」

彼女は某有名大学のミスコングランプリ、各大学のミスコン制覇者しか出られない大会でもグランプリになった経歴のあるとっても美人。超絶美人。

おまけに性格も良く、悪い噂《うわさ》を聞いたこともない。しかも、間宮さんはＳＮＳアカウントを持っていない。意外と古風な人らしい。

会社中の男の憧れである。

「おはようございます」

再度、間宮さんの声。

あれ？　さっき挨拶をして通り過ぎたはずじゃ……？

俺はさっきの挨拶よりも近くで間宮さんの声が聞こえた気がして、おそるおそる声の方へ目線をやった。

「おはようございます」

間宮さんはもう一度挨拶をするとキュッと口角を上げて小首を傾《かし》げた。

まるで本物のアイドルを目の前にしたみたいに俺は固まる。

なんだ、この可愛すぎる生物は。

ってか、もう挨拶３回目じゃないか？　俺が間宮さんを無視している感じになってない？　流石《さすが》にそれはまずい。

「……ざっす」

消え入るような俺の挨拶に間宮さんは微笑《ほほえ》んで返してくれる。

なんで？　なんで彼女はそこで立ち止まっているんだ……。

俺は間宮さんが過ぎ去るのを待つ。ＰＣに目を向けて特に予定がないのにソースコードを開いて読んでいるフリをする。しかし、視界の端っこからその影は動かない。

——あれ？

確かに、横目で見える間宮さんが動いていない。

なぜ、間宮さんは俺の横で止まっている？


「えっと、ここかな？」

カバンを置く音、さらに近づく人影。俺はぎこちなく視線を隣のデスクの方へ向ける。

やばい、まさか俺に話しかけようとしてるとかないよな……？

「藤城さん、今日からよろしくお願いします」

（話しかけて来た……！）

間宮さんは俺の隣のデスクにコーヒーを置くと、アイドルみたいな笑顔をこっちに向ける。

えっと、ここは開発部の席で……間宮さんの席はもっと遠くじゃありませんでした？

いやってか、間宮さん今俺の名前呼んだ……よな⁇

俺は突然の出来事に声も出せずにいた。お恥ずかしながらこんなに綺麗な女性と目があうのは多分、初めて。人生で、初めて。

「おやおや、間宮くん、おはよう。今日からよろしくねぇ」

と総務部から戻ってきた三島部長の声に俺はホッとする。この人は穏やかなおじいちゃんだけどコミュニケーション力は昭和って感じ。つまりすごくいい感じなのだ。

「ほら、こちらが藤城くんだよ、藤城くん。知ってると思うけどね、間宮くん」

「おはようございます」

と消え入るような小さい声でもう一度間宮さんに挨拶をする。そして視線をそらすために深々とお辞儀をする。

どうして間宮さんが？　ここに？

そうか、広報の仕事でどうしてもエンジニアが必要になったとか？　だとしたら俺みたいな下《した》っ端《ぱ》には関係ないような？

と心の中で思うが俺は口に出せない。

「あっ、言ってなかったっけ？」

と三島部長。

「間宮くんの席は今日から藤城くんの隣だからね」

三島部長は尊敬する上司だ。いつだって優しいし部下のことは否定しない、それでいて必ず俺たち部下を守ってくれる頼れる上司。でも今日だけは、心の中で言わせてくれ……。

（ポンコツじじい）

◆

間宮さんは俺の隣の席に座るとノートＰＣを開いた。なぜ、間宮さんが俺の隣に⁇　その疑問は解けないまま、始業時間が来てしまった。とりあえず、俺は自分のＰＣでスケジュールを確認する。

特に間宮さんに関わる何かが入れられているわけでもないし、本当に驚いている。この感覚……、クラスの席替えで美女が隣になったあの気まずい感じにそっくりだ。他の社員たちが野次馬でこっちを見てくる視線も痛い。

クッソ居心地悪い。

そして他社員たちよりも強い視線を俺は横から感じる。間宮さんが多分俺の方を向いているけど……俺は気付かないフリをしようとキーボードで必要のない文字を打った。

「藤城さんって1年目……でしたよね？」

俺の話しかけるなオーラをまるっと無視して間宮さんは俺に話しかけてくる。

こっそり間宮さんを見ると女神のようにニコニコしている。

「は、はい」

「私、覚えてますよ。一年前の合同説明会で……少しお話しましたよね」

ほら、横浜の！

と間宮さんは楽しげに言うと嬉《うれ》しそうにニコニコする。俺はちょうど一年くらい前の合同説明会での出来事を思い出した。


「こんにちは！」

すごく綺麗《きれい》な人がいてその人が俺にパンフレットをくれた。

「もしよかったらうちの会社の説明を聞いて行きませんか？」

（代理店か……）

「君、志望は？」

「エンジニア……です」

「社内エンジニアも新卒で募集していたはずです、ぜひきてくださいね」

すごく綺麗な人だとは思ってたがあれ……間宮さんだったのか。当時の間宮さんは新人だったから駆り出されたんだな。まぁ、顔がいい女子社員を合同説明会に出すのはあるあるだよな。

間宮さんは俺の目をみてパチパチと瞬《まばた》きをする。俺は目をそらす。

「じゃあそろそろ勤務にも慣れてきた頃ですねぇ、どう？」

間宮さんは俺より１つ先輩だ。

そして俺は入社２ヶ月、ピッカピカの１年生。

「ま、まぁはい。少しは……」

「エンジニアさんってすごいですよね！　ＰＣがお好きなんですか？」

「え、えっと……まぁ」

間宮さんはまんまるの瞳をこっちに向けて首を傾げた。

普通の社員よりは詳しいかもだけど、俺はPCヲタクってわけじゃない。

でも、それを流暢《りゅうちょう》に間宮さんに説明する勇気もなく俺は無難な返事をしてしまった。

間宮さんの長くてふわふわの髪が揺れてすごくいい匂いがする。

まつげも長くて肌もつるっつる、加工なんていらないくらい目が大きくて美人なのに下品さがなくって……完璧だ。それでいて俺のような陰キャにも優しい。なんだ、ただの女神か。

「そうだ、藤城さんってコーヒーとか飲まれます?」

「えと……まぁそこそこ……」

俺はコーヒーにめっちゃこだわるタイプ。

これも伝える勇気がない。あぁ、社会人なんだからちゃんとしなければ……と思うたび冷や汗がじわじわと滲《にじ》み出《で》てくる。

「私、コーヒーが好きなんですけど藤城さんはオススメのカフェとか知ってますか?」

間宮さんの質問ラッシュに焦《あせ》りながら俺はやっとのことで勇気を出して答える。

よく考えろ、俺。

間宮さんは俺みたいなやつとでも「職場だから」話してくれているんだ。

「カフェ……なら普通にチェーン店とかですかね」

何やってんだ俺〜！

もっと美味《おい》しい、コーヒーがオススメの店なんて死ぬほどあったろ！

でも仕方ないんだ。

女の子と話すことなんてほとんどないんだし、ここでパーフェクトな答えが俺の口から出ることなんてほぼなくて当然なのだ。

「チェーン店ですね、私も行くんですけどなかなかベーシックなコーヒーは頼まないので新鮮ですね」

間宮さんはなんだか嬉しそう。どうしてだろう？

俺みたいなキモ陰キャと話していて楽しいんだろうか？

「そうだ、藤城さん。好きな食べ物ってなんですか？」

次々に間宮さんから飛んでくる業務とは関係のない質問。

俺はもう一生分、女の子と話したような気がする。

これ、なんて答えるのが正解なんだ……？

「は、焼肉……とか？」

俺の答えを聞いて間宮さんはパッと笑顔になった。

「焼肉なら……私いいお店知ってますよ！」

「良ければ今日ご一緒にランチとか……！　いかがでしょう？」

俺は突然のことに言葉を失う。

目の前の超絶美女が俺をランチに誘っている……だと？

いやいや、隣の席ってだけでもわけわからん状態なのにランチ……？

「三島ぶちょ……」

「僕は愛妻弁当があるからねぇ」

助け舟はないようだ。三島部長はキュッキュッとメガネを拭きながらニコニコしている。

このオヤジ……良からぬことを考えてやがるな。

「えっと……」

でも、せっかくの間宮さんの厚意を断れないよなぁ。多分、陽キャの人たちはこういう感じでコミュニケーションを円滑にするためにランチとかすんだな。

間宮さん、きっと気を遣って誘ってくれているんだろうし。

「藤城さん、もしかしてお弁当とかですか？」

さっきまで笑顔だった間宮さんの表情がしゅんとする。怒られた時の子犬みたいだ。それでも顔がいい……。あざといってこういう表情をいうのかな。

「いや、お弁当ではなくて」

間宮さんがキラッキラの笑顔になる。ブンブン尻尾振って喜ぶ犬みたいだ。

「焼肉……ダメですか？」

うるうる、と効果音がしそうな上目遣い。

なんか、まるで間宮さんが好きな子にアピールしてるみたいじゃないか？

間宮さんみたいな超ハイスペック女子が俺に？　ないない。多分間宮さんは天然でこういう可愛《かわい》いことしちゃうタイプなんだ。

「えっと、じゃあ……そのぜひ？」

（ところで焼肉って結構匂い気にならん？）

俺の答えを聞いて間宮さんは八の字にしていた眉をきゅっと緩めて笑顔になる。

「予約、しておきますねっ！」

「あれれ、藤城さん……」

「ど、どどど、どうしました？」

間宮さんは不思議そうな顔でＰＣを指さす。間宮さんのノートＰＣは可愛いピンク色。

そして画面が真っ暗。

「スリープからＰＣが起き上がらないんです」

間宮さんはエンターボタンをカチカチと押す。確かにスリープしたＰＣが立ち上がらない。

「壊しちゃったかも！」

「あっ、間宮さん」

俺は間宮さんのＰＣから延びているコードを手繰り寄せる。そしてそのコードの先を見て間宮さんが一瞬にして真っ赤になった。

「電源うまく挿さってなくて落ちちゃってますね」

間宮さんは顔を真っ赤にして恥ずかしそうに俺に礼を言うとＰＣの電源ボタンを入れた。

「じゃあ、そろそろ二人とも朝の業務にはいろうか」

三島部長は頃合いをみはからったように俺たちの会話を区切った。もっと早く声をかけてくれればよかったのに。なんて思いながら俺は仕事を始めた。

俺が朝の業務をはじめて数分、間宮さんはまだＰＣと格闘中のようだ。可愛い顔でＰＣ

の画面とにらめっこしている。

まじで、どうして間宮さんが俺の隣である必要があるんだ……？

「あのぉ……藤城さん」

と一人考察をする俺の肩をツンツンと細い指がつついた。

「は、はい？」

間宮さんの顔がいい。

可愛いとか美人とかそういうレベルではない、異次元。高嶺《たかね》の花すぎて話しかけるのも怖いくらいだ。

「藤城さん、上着が落ちてますよ」

間宮さんに言われて俺は視線を落とす。

背もたれに引っ掛けていた俺のカーディガンが床に落ちてしまっていた。

「あっ、すみません」

急いで拾おうとする俺に、

「私が拾いますね」

間宮さんは細くて長い腕を床に伸ばし、俺のカーディガンを拾ってくれる。

間宮さんがかがんだ時、Ｙシャツの胸元が少しゆるやかになり、ずっしりとした肉感が露《あら》わになる。

俺はぱっと目を背けて、間宮さんからカーディガンを受け取った。

「す、すみませんっ」

俺の言葉を聞いて間宮さんは不思議そうに首を傾げる。

「あやまらなくて大丈夫ですよ？　強いて言うならありがとう、が嬉《うれ》しいです」

（いや、俺なんかに気を遣っていただいてすみません……って言いたいんだけどな）

「あ、ありがとうございます」

「どういたしまして、えへへ」

間宮さんはにっこりと微笑《ほほえ》む。俺はあまりの眩《まぶ》さにメガネが吹っ飛ぶかと思った。

「そうだ、ついでに聞いてもいいですか？」

間宮さんは「ううん」と咳払《せきばら》いをしてＰＣを指差した。

「パスワード……忘れちゃいました」

社内チャットのログインパスワードだ。セキュリティの関係で3回間違えるとロックされる仕様になっている。

「おやおや、間宮くんはよくやるねぇ」

三島部長がおじいちゃん丸出しで言った。

「よく忘れちゃうので三島部長に発行してもらってたんです」

「藤城くん、お願いできるかな」

社内チャットのパスワードの発行、えっと……。あった。

俺はＰＣ内のメモに沿ってパスワードを再発行する。数字とアルファベットの羅列をメモに書き出して間宮さんに渡す。

「ありがとうございます、藤城さん」

「入れたらご自身のパスワードに変えてくださいね」

「うーん」

間宮さんは困ったように首を傾げた。

「どうか……しました？」

「私、すぐ忘れちゃうので……」

「メモ貼っとくのはどうです？」

俺は自分の引き出しの中を見せた。中にはパスワードを手書きで書いたメモを入れている。セキュリティ上長いパスワードを考えるときは、ＰＣの中じゃなく手書きで残しておいた方が後々よかったりする。例えばＰＣがクラッシュした時とかさ。

「おぉ……！　私もそうしてみま……」

――ぐぅぅぅ。

大きな音が鳴った。

俺……じゃない。

間宮さんはみるみるうちに顔を真っ赤にしてお腹《なか》を押さえると、

「私です……。うぅ、お腹減ったぁ」

恥ずかしそうに上目遣いで俺を見つめる。

俺が困って目を泳がせているとガタンと三島部長が立ち上がった。

「藤城くん、ちょっといいかな」

三島部長がタバコを持って俺に声をかけた。俺も急いで引き出しの中のタバコを取り出して三島部長のあとを追った。

◆

じゅうじゅうと最高な音を立てている牛脂。

煙は俺と間宮さんの視界を遮ることなく吸引されていく。ちょっとだけ俺のメガネが曇る。間宮さんはこんな陰キャとサシでランチなんてストレスを感じないんだろうか。

ちなみに俺は緊張しすぎて腹が痛い。

「藤城さん、ＳＮＳに詳しいってお聞きしまして」

「は、はぁ」

「今度、会社でＳＮＳをやることになったんです。えっとその……」

間宮さんは気まずそうに唇を噛《か》んで「えへへ」と笑ってごまかした。

理由を知っているのに知らないふりをするのって死ぬほど大変だ。

さっき俺は喫煙室で、三島部長に間宮さんが隣の席になった理由を聞いていたのだ。


「実はねぇ、間宮くんの最後のチャンスなんだよ」

「最後のチャンスってのはどういう？」

間宮さんは俺の一つ年上だからまだ二年目。それなのに最後？

「上層部の会議でね、間宮くんの広報としての働きが思いのほかよくないってのが話題になってね。今回のＳＮＳ企画がうまく行かなければ今期で、間宮くんには別の部署に異動してもらうことになったんだ」

なるほど。異動ならわからなくもないが……どうしてだろう？

「でも間宮さんって……ミスコン優勝者ですごい人っすよね？」

「社長曰《いわ》く顔だけ……ってねぇ。そこで藤城くんに彼女のサポートをお願いできないかなぁ、ほらカメグラ詳しいでしょ？」

「いやその、まぁそうですけど」

「ね？　間宮くんを助けると思って……隣の席でちょちょっと助言してくれるだけで大丈夫だからさっ」

「俺のことは話してないっすよね？」

「もちろん、守秘義務は守るよ。でもどうして話しちゃダメなんだい？」

「そりゃ、俺みたいな陰キャが中の人だって知ったらみんな幻滅しますからね」

「そうかねぇ？」

俺は三島部長に理由を聞かされてなんとなく了承してしまったわけだ。

（俺の正体がバレなきゃそれでいいか）

俺が「偽物さん」であることを知っているのは社内の数人だけ。一応、副業的な？　あれだ。

たぶん、今回のアドバイザー的な役割に抜擢《ばってき》されたのも俺が「偽物さん」のアカウントを運営していることが理由だろう。

「フォロワーが夏までに２０００人行かないと広報から外されるって」

「ええっ……」

（無茶な要求だな、間宮さんは広報に向いてないって社長が強く思っているのかも）

ＳＮＳアカウントを持っていない間宮さんにとって、このフォロワー２０００人というのはかなり厳しい条件だと俺は思った。

「三島部長が夏までは空いているデスクを使っていいよって言ってくださってそれで、その」

間宮さんは箸を置くと辛《つら》そうに目を閉じた。

俺は少し疑問に思う。間宮さん自身は……何をしたいんだろう？

こんなに辛そうな顔で仕事するものか？　これだけ可愛《かわい》くてこれだけ恵まれた美人がイヤイヤ仕事をやることなんてない。受付担当とかもっと向いている仕事があるように俺は思った。

間宮さんはミスコンで優勝してるのに芸能人やアナウンサーを目指していない、個人のSNSすらやってないってことは目立つ仕事はしたくないのか？

なら、いっそのこと広報じゃなくて裏方の仕事にシフトチェンジするのもありじゃないか。俺ならそうする。

「間宮さんは、広報をやりたいんです……か？」

「へっ？」

間宮さんは目をまんまるにして驚いている。

（やべ、まずいこと言ったかな）

「えっと、そのなんというか少し気になって……間宮さんがやりたい仕事ってなんだろうって……」

俺の言葉に間宮さんは目をウルウルとさせる。

（やっ、やばい。女子となんてほとんど話したことがなかったからまずいこと言っちゃったかもしれん！）

焦《あせ》る俺、間宮さんの瞳にはどんどん涙が溜《た》まっていく。

どうしよう、なんかフォローしないとだよな？

でもなんて言えばいい？

「そ、その……私、自分にどんな仕事が向いてるかわからなくて。広報も……何をして良いかわからなくて。今までは言われたことだけやってたんです」

（顔だけ……かぁ）

俺は三島部長との会話を思い出していたたまれない気持ちになった。

どうして社長が無理難題を間宮さんに押し付けたか少しだけわかったような気がした。

間宮さんは自分の顔が可愛いことを活《い》かしきれていない。社長が広報として間宮さんを雇用したけれど、間宮さん自身が自分の魅力を活かしきれていないから仕事として通用しなかったんだ。宝の持ち腐れってやつだ。

（でも、可愛い女の子って大体可愛さを武器にするイメージあるけどな）

ずずんと鼻をすすって間宮さんは化粧が崩れないようにそっと涙を拭いた。

「でも、任せてもらった仕事だから頑張りたいんです」

（頑張りたいんか）

間宮さんはこんなに綺麗《きれい》なのに自己顕示欲の少ない人なんだな……。

「だから、藤城さんに教えてほしいんです」

間宮さんみたいな社内のアイドルが？　俺に？　三島部長は間宮さんに俺のことを一体どんなふうに言ったんだ。

「えっと……なんで俺なんすかね？」

「三島部長が藤城さんが適任だって言ってくださったから」

間宮さんには自分の考えってものがあまりないように見えた。

ＳＮＳで一番重要なのは「その人らしさ」である。誰かと同じじゃダメ。どんなに容姿が整っていても個性がなければ伸びない。

間宮さんには「間宮さんらしさ」や「間宮さんの考え」が一個も出てこないことが少しだけ不安に感じた。

「藤城さん？」

目の前の間宮さんは整った顔を少しだけ緩めて瞬《まばた》きをしている。

俺もだいぶ間宮さんに慣れてきたな。間宮さんの表情が気になった。

オフィスにいる時よりも間宮さんは辛そうで、とても悩んでいるのが俺にも伝わってくる。

陽キャとか陰キャとかじゃなくて、俺は社会人として同僚として、協力するべきじゃねえか？　腹括《くく》らなきゃダメだよな。頑張れ社会人藤城。

まずは、確認をしないと。

俺は覚悟を決めて息を短く吐いた。

「SNS企画っていうと会社のSNSってことですよね？」

「はいっ、カメグラを中心にって話でした」

（なるほど、それで三島部長が俺を推薦したのか）

「間宮さん、カメグラとか見ますか？」

（間宮さんがSNSアカウントを持ってないのは知っているけど一応聞いておこう）

「はいっ、昔から好きなアカウントがあって。その方の投稿は欠かさずみてます」

「好きなアカウント？」

　間宮さんは少しぽっと赤くなると、

「その人の写真に写ってるものは全部美味《おい》しそうだったりおしゃれだったり魅力的に見えるし……なにより投稿から溢《あふ》れる優しさが大好きなんです」

「絶対……中の人も素敵な方だって思います。優しくて、中身がしっかりあって……私、そういう人になりたいなって」

　ドラマとかでヒロインが好きな男のことを親友に話すみたいに間宮さんは照れている。

　パッと見、ハイスペックな彼氏とか余裕でいそうな間宮さんだから、こういうウブっぽいリアクションは新鮮だ。

「そのアカウントはフォロワーどのくらいっすかね？」

「34万人だったと」

（偽物さんと同じくらいか……）

「じゃあ、一旦その人も含めて他社の広報さんとかを目標にしてみてもいいかもですね。お昼終わったらアカウントの洗い出ししましょうか」

「はいっ、藤城さん。ありがとうございます」

「アカウント作成も一緒にお願いします」

「もちろんです。そうだ、ちなみに間宮さんのお好きなアカウントって？」

間宮さんは顔を真っ赤にしてスマホをスワイプし、こちらに画面を向けて言った。

「偽物さんですっ」

（それ俺～～～～！！！）

俺は肉を網の上に置いて行く。

俺は間宮さんが「偽物さん」を好きだった事実にドキドキしながら必死で心を落ち着けていた。

何舞い上がってるんだ。間宮さんが好きなのは「偽物さん」で「俺」じゃない。俺が今できることは「偽物さん」が「俺」であることを隠し通し、偶像を守ってあげることだ。

もしも「偽物さん」が俺だとわかれば絶対に幻滅する。すごくショックを受けると思う。

ほら、すごくいい奴《やつ》だと思ってた俳優が裏ではとんでもない奴だった時ってみんなショックうけるだろ。

イケメンを気取っている「偽物さん」が俺のような陰キャで冴《さ》えない男とバレてしまえば……間宮さんを悲しませてしまう。

（ボロを出さないようにすれば大丈夫）

間宮さんは七輪の上の肉を覗《のぞ》き込んで「わぁ」と笑顔になった。

「焼いてくれるんですかっ」

「こ、こんくらいはし、します」

「私の方がお姉さんだし、焼きましょうか？」

（俺が触った肉は嫌とかそういう⁇）

「いえ、先輩にやらせるわけには……」

間宮さんは数秒俺の顔を覗き込むとパッと笑顔になる。

「楽しみですっ。そういえば藤城さんってすごく綺麗な手をされているんですね」

「そ、そうっすか？」

まずい。

俺は少しだけ指に力を入れて手が綺麗に見えないようにする。

偽物さんの売りの一つ、「手が綺麗」。

もしも、間宮さんが偽物さんガチ勢だったら多分手の形でもバレかねない！

「はい、あれ？　どうしたんですか？　その小指の……」

「あぁ、ちょっと料理でやけどしちゃって」

「やけど……？」

「あぁ、はい、鉄のフライパンが……」

間宮さんが驚いたような、少女漫画に出てくる女の子みたいな表情で固まった。鉄のフライパン好きなのかな？

もしや……バレた？

俺は正体がバレたんじゃないかとドキドキする。間宮さんだって「偽物さん」の中身がこんなキモ陰キャだと知ったら幻滅するだろうな。

「間宮さん……？」

「いえっ、素敵だなと思って」

間宮さんが眩《まぶ》しすぎて俺はすぐに肉に視線を戻す。会話が止まる。

やけどの何が素敵なんだ。間宮さんの不思議ちゃん発言に俺は苦笑いで応える。

「お料理されるんですか？」

「はい、鉄のフライパンってもその〜えっとスキレットっていうやつですね。ほら、キャンプとかで使うやつです」

間宮さんはスマホで「スキレット」と調べて「ほぉほぉ」と頷《うなず》いた。

「スキレットで何を？」

考えろ……偽物さんアカウントでスキレット使った時載せたのは焼きカレーだったな。じゃあ焼きカレー以外を答えればいい。

「は、ハンバーグです」

「私、ハンバーグ大好きなんですよ〜」

間宮さんはぽやぽやした雰囲気で嬉《うれ》しそうに足をぱたつかせる。

「チーズとか、和風とかなんでも美味しいですよね」

間宮さんは首を傾《かし》げる。

「藤城さんは何が好きですか？」

「俺は……うーん、煮込みハンバーグとかですかね」

「わぁ……焼肉を目の前にして私、ハンバーグも食べたいです！」

間宮さんがごくっと生唾を飲んだ。

「そろそろ、カルビが焼けそうです」

俺は網の上の肉をひっくり返した。間宮さんはタレを小皿に注いで俺にも渡してくれる。

「ありがとうございます」

「藤城さん、私ホルモンが好きです」

（めっちゃ意外だな）

「あ、じゃあ焼きますね。こっち焼けてるんで先にどうぞ」

俺は焼けたカルビをトングで持ち上げると間宮さんに声をかける。

間宮さんは小皿で肉を受け取ってキラキラと目を輝かせた。

「お先にいただきますっ」

そう言うと間宮さんはジャケットを脱いで薄めの白いYシャツ姿になり、長い茶色の髪を後ろでくくった。髪を結ぶために腕をあげるたび窮屈そうにシャツのボタンが音をたて
……、

――ポンッ！

「あでっ！」

額に思いっきりデコピンされたみたいな衝撃で俺はのけぞった。トングを持ってない方

の手で額を確認するとぽろん、と何かが落ちた。

白いボタンだった。

白い……ボタン？

心のどこかでは見てはいけないとわかっているのに、俺は間宮さんの方に視線を向ける。

夢中でポニーテールをしていた間宮さん、両手を頭の後ろにあげたままで俺をきょとんと見つめている。

それから数秒、間宮さんは自分の胸元のボタンが吹っ飛んで豊満な胸の谷間があらわになっていることに気がついて真っ赤になる。

それと同時に俺も、

「す、すみません！」

と後ろを向く。

「私こそごめんなさいっ」

しばらく俺は後ろ向きのまま間宮さんのＯＫが出るのを待つ。

「藤城さん、もう大丈夫です」

「あの、何も見てないんで」

「は、はいっ」

間宮さんはボタンをわざと掛け違えて胸元が見えないようにして真っ赤な顔のまま言った。

「ふつつかものですがよろしくお願いしますっ！」

「ふつつか……？」

「あれ、そう言うんじゃなかったでしたっけ？」

「多分それはナニトゾじゃないすかね？」

「あぁ、何卒《なにとぞ》！」

俺は少々引きつった笑顔で小さくうなずいた。

間宮さんは俺が思っていたよりもポンコツ……な人なのかもしれない。

幕間《まくあい》1

「おやまぁ、べっぴんなお嬢さんねぇ」

「ユリカちゃんは本当にお人形さんみたいね」

「ほら、間宮《まみや》って顔は可愛《かわい》いだろ？」

「美人の隣にいると得するんだよね」

「間宮さんは見てくれがいいから広報でもやってもらおうか。あぁ、いいよ写真に写るだけで」


幼い頃から私に近づいてくる人は、男女を問わず全員「顔が可愛いから」という理由だった。誰も私の中身なんかに興味はなくて、私の心はずっと置いてけぼり。私の中身を見てくれる人なんてずっとずっといなかった。だからずっとひとりぼっちだった。

ミスコン優勝者になっても、社会人になっても私の本質は何一つ変わらなかった。だからこそ、私は「偽物《にせもの》さん」が大好きだった。

カメグラは容姿の良さがダイレクトに求められる。そんなイケメンや美女がはびこる中で顔も出さず声も出さず、それでも自分の実力と能力だけで人気を摑《つか》んでいる「偽物さん」。


「あ〜、偽物さん、今日の投稿まだかなぁ」

私はベッドにゴロンと横になると、殺風景な部屋を視界に入れないようにスマホを顔の前に持ってきてカメグラをスワイプした。

スマホが暗くなるたびに画面に反射するのは私のニヤニヤ顔。嬉しくて嬉しくてついニヤニヤしてしまう。

私はずっと気になっていた人と初めて話すことができたのだ。会社の中で客寄せパンダみたいに有名だった私に、入社以来ずっと見向きもしない男性がいた。

初めてお話した時に藤城《ふじしろ》さんは目をみてもくれなかった。そんなこと初めてで少し嬉しかった。

藤城さんは「あの目」をしなかった。

私の容姿なんて興味ないって感じで……なんならランチにいくのを戸惑って……

私の気持ちを一番に聞いてくれた。

藤城さんは素敵だ。藤城さんならきっと私の中身を見てくれる。

私は隣に座る藤城さんの横顔を思い出してドキドキしてしまう。

でも、きっと藤城さんは私にびっくりしてるんだろうな。何にもできない女なんだって思ったんだろうな。

私は努力をしてこなかったから。簡単なことでも誰かがやってくれていた。だから、私はなにもできない大人になってしまった。

頑張らなくちゃ……！

仕事の心得2　距離なし部下には気をつけるべし！

間宮《まみや》さんとのランチを終えた俺は喫煙室に寄ってからオフィスへと戻った。先に戻ったはずの間宮さんの姿はない。でも、バッグはあるな？　どこいったんだか。

俺は少しほっとして席に着いた。

美女と過ごす夢のようなランチ。もしも彼女がいたらあんな風に毎日の食事も楽しいんだろうなぁ。

彼女なんてできたことねぇけど。

「藤城《ふじしろ》さん！」

考え事をしていたらドンッと間宮さんがデスクの上に何かを置いた。

「ま、間宮さん……？」

はぁはぁと息を切らし、首元から鎖骨にかけてじっとりと汗が垂れ、間宮さんの頬は少し紅潮している。ボタンは掛け違えたまま。間宮さんみたいな美人だとボタンを掛け違えているのがオシャレっぽくすら見える。

「熱いのと冷たいのはどちらが好きですかっ？」

「へ？」

間宮さんはちょっと不安そうな顔になって、

「コーヒー好きって言ってらしたから……その、急いで買ってきたんです。食後のコーヒー」

間宮さんの顔ばっかり見ていた俺は慌ててデスクの上に視線を戻す。置かれていたのはアイスコーヒーとホットコーヒー。俺が朝話したチェーン店のものだった。

「藤城さん、どっちが好きか聞かなかったので……あったかいのと冷たいのどっちがいいですか？」

間宮さんの気遣いは嬉《うれ》しい。

冷静に考えると後輩の俺の方が買いに行くべきだったんじゃ！　と罪悪感に襲われる。

「私は余った方で大丈夫ですっ」

まるで褒められたい子供みたいに胸を張る間宮さん。袖で額の汗を拭う仕草でまた胸が揺れた。

「えっと、ホットの方いただきます。ありがとうございます」

暑そうな間宮さんにアイスコーヒー飲ませた方がいいよな。うん。流石《さすが》に女慣れしてない俺でもわかるぞ。

「ふぃ～、走ったから暑かったぁ」

椅子に座るとコーヒーをストローでちゅうちゅう吸う間宮さん。

小動物みたいで可愛い。

アイスコーヒーをそんな勢いで飲んでお腹《なか》を壊さないか心配だ。

「食後のコーヒーはおいひいですね」

ぷはーっと可愛い吐息のあと、間宮さんは俺に言った。

「は、はい」

ホットコーヒーを手に取った俺を見て、にっこり笑うと間宮さんは、

「あっ、そうだ。今度一緒に買いに行きましょう。ここのスコーンを食べたいんですけどサイズが大きくて……はんぶんこできる人探してたんです」

マイペースな間宮さんに俺は小さくうなずいて返事をする。あぁ、俺の地味で静かだったワークタイムが華やかになっていく。

俺は別に飲みたくなかったけどホットコーヒーを飲んだ。

「美味《お》しい《い》ですか？」

「は、はい。美味しいです。ごちそうさまです」

俺の返事に間宮さんは得意げに胸を張った。

「私の方がお姉さんですから、このくらいいつでも奢《おご》って差し上げますよ！」

俺は愛想笑《あいそわら》いをして頷《うなず》いた。

うちの会社にはカフェスペースがあって、結構いいコーヒーメーカーがあるんだが、もしかしたら間宮さんは知らないんだろうか。

いや、そんなことないよな。さすがに。

「藤城さん、午後もお仕事一緒に頑張りましょうね！」

間宮さんが俺と仲良くしてくれるのはあくまでも仕事だからだ。

「間宮さん、写真撮りました？」

「あっ」

「次からはこういうSNSにあげられそうな写真はガンガン撮りましょ」

「うぅ……二人でコーヒータイムが嬉しくて……つい」

てへっと効果音が出そうなくらい可愛く舌を見せる間宮さん。

仕草が可愛すぎて、俺は熱いコーヒーをゴクリと飲み込んで喉が焼けそうになった。

仕事だ、藤城悠介《ゆうすけ》。これはし・ご・と！

「飲みかけでもストロー写さないようにして……そんでPCと一緒に撮ればそれっぽくなりそうっすね」

間宮さんは俺のアドバイス通りノートPCのロゴが写る画角で二つのコーヒーを並べてパシャリ。

「じゃあ、写真と一緒にカメグラにアップするテキストを考えてもらって……投稿する前に俺がチェックします」

「はいっ、じゃあすぐに取り掛かりますね！」

「そうだ、その前に投稿するノルマでも決めましょうか」

「ノルマ？」

間宮さんは顎に人差し指を当てて少し考えると、

「毎日投稿する……とかですか？」

と言った。

「それは間宮さんのペースに合わせましょう。ブランディングは間宮さんがした方がいいので……」

「ぶらんでぃんぐ……？」

「あー、えー……」

まずい、ついわかりにくい言葉を使ってしまう。

「まぁその、ルールみたいなもんっすね」

「ルールかぁ……」

しばらくして。

「1日に朝と昼の2投稿を目標にしたいです。毎日投稿したらこう、いいかなってたくさん見てもらえそうです」

と間宮さんが前のめりになって言った。

確かに、SNSにおける定期投稿は必須だ。これで固定ファンを稼げる。

「じゃあ、朝の投稿は電車の中でくすっと笑えるようなテキスト多めに、昼は飯テロっぽいやつ中心に組み立てましょう」

「はいっ！」

間宮さんは美味しいコーヒーを飲みながら、ぽやぽやな癒《いや》しオーラを放っている。俺は少しだけ、ほんの少しだけ間宮さんと話すことに慣れてきた。

「あの」

キンと空気が凍るような冷たい視線に俺はどきっとする。

「これ、頼まれていたものですが」

見上げるとそこには社内で「氷の女王」と呼ばれている総務の木内《きうち》ミコが俺を見下ろしていた。彼女もまたとんでもなく美人。ただあまりにも冷たいのでエンジニア陣は総務の木内さんに頼み事をする際は、基本三島《みしま》部長をとおしていたりするらしい。

今回は仕方なく俺から依頼したが……やっぱ怖いな。一応同期なんだけどな。

「あぁ、私の！」

間宮さんが木内さんから裁縫セットを受け取るとぺこりとお辞儀をした。

間宮さんのシャツのボタン。

「会社のもの……ですけどね」

木内さんは間宮さんをみて少しだけ優しい声色になった。まぁ、一応間宮さんは先輩だしな。

「ありがとうございます」

間宮さんが木内さんに向かってへにゃりと笑うと、木内さんは小さく、

「今度……お店紹介してあげますから」

と間宮さんの胸元のボタンを見て言った。

なんか……不覚にも女子同士の聞いちゃいけない会話を聞いてるみたいでドキドキして

しまった。

でも、なんのお店を紹介するんだろう？

俺が不思議に思っていると木内さんと目が合った。一瞬だけ、木内さんの目が少し潤んでいるように見えたがすぐに冷たい視線に変わる。

「仕事中に何見てるんですか」

木内さんが俺の画面を指差した。

「卑猥《ひわい》です」

「わわ、藤城さん……それ」

俺はバッと振り返って自分の画面を確認してみる。そこに映し出されていたのは画面いっぱいにデカデカと水着の美女。

大人気知性派グラドルのＹｕｋｉ。

正確にはＹｕｋｉが宣伝するビールの広告だった。さっき間宮さんに話しかけられた時に誤タップしてしまったようだ。

「ジーッ」

間宮さんが俺と画面のＹｕｋｉを交互に見ている。

「藤城さんって、こういう派手な子が好みなんですか⁉」

「はっ？　いやっ、これは見ていたわけじゃ」

「メモメモ……」

間宮さんはもう一度画面のＹｕｋｉと俺を交互に見てＰＣに向き直った。

「失礼します」

木内さんはそう言って会釈《えしゃく》すると踵《きびす》を返《かえ》した。さらりと長い黒髪から少しだけ懐《なつ》かしい香りがしたような気がした。

フォロワー数　10人

◆

「藤城さん、フォロワーが増えて少しずつ反応ももらえて嬉しいです！」

間宮さんはカメグラに投稿を始めて一番最初の嬉しい反応がもらえたようだった。

そんな間宮さんはもぐもぐとおにぎりを頬張っている。なんでも、今日はお腹がよく減るとのことでさっきコンビニで買って来たようだった。

可愛《かわい》い子が食べるとコンビニのおにぎりですらうまそうに見える。俺もなんだか腹が減ったような気がした。

俺が間宮さんを見ていると間宮さんが首を傾《かし》げる。

（あぁ、仕事の話してたんだ）

俺は我に返って頭を仕事モードに戻し、

「反応はもらえてもなかなかフォローが増えない理由を考えないとですね」

俺は少し厳しいことを言ったかな？　と思ったが、社長が決めた期限までは意外と短いしこのくらいがいいだろう。

「そうですねぇ……やっぱりまだ投稿が少ないからでしょうか」

間宮さんは怒られた犬のようにシュンとして残念そうな顔になった。

「社内のおしゃれなエントランス紹介とかはしましたし……何か写真に撮れるものを探さないとですね」

間宮さんとの勤務が始まって1週間が経《た》っていた。

ランチの写真を社員たちにいくつか提供してもらってカメグラにアップをしたり、社内紹介みたいな写真を撮ったり、それからフォロワー数も少しずつ増えてきていた。毎日投稿だって厳しいのに間宮さんは毎日2投稿を目標にかなり頑張っていた。フォロワー数も100人ほどに増えて順調だけど、速度的には少し足りない気もしていた。

「俺もちょっと探してみますね」

「藤城さん、本当にありがとうございます」

もぐもぐ。大きなおにぎりに間宮さんがかぶりつく。小動物みたいでなんとも言えない可愛さだ。

「いえいえ」

間宮さんがおにぎり片手にPCを開いて何やら調査を始めた。俺は今日のタスクを早く終えるべく仕事に集中しようとした時だった。

「二人にさっそくお願いがあってねぇ」

三島部長が声をかけてきた。

「お願いですかっ！」

間宮さんがおにぎりをごっくんと飲み込むと目を輝かせた。

「もちろん、間宮くんにもお願いしようかな」

「嬉《うれ》しいですっ！」

間宮さんは仕事に対する意欲がすごい。頼られたり、仕事をお願いされるのが嬉しいらしい。

多分、美人という理由で周りがなんでもやってくれる環境を間宮さん自身はすごく嫌がっているからだと俺は思っている。

俺からすればすげー恵まれてるし人生イージーモードじゃん。って感じるが……間宮さんには間宮さんの考えがあるからな。

三島部長がよっこいしょと声をあげながら立ち上がるとPCを抱えた。

「ちょっと、会議室に来てくれるかな。あぁPCは持ってこなくて大丈夫、5分くらいで済むからね」

三島部長はいい上司だ。

ただ、忘れっぽいところがある。

時折、「そんな大事なこともっと早く言ってくれよ」と言いたくなる。新卒だからまだ口ごたえはできないが……。

そんな三島部長から俺たちに言い渡されたのは……、

「じょ、女子高生⁉」

俺と間宮さんがシンクロする。

俺たちを見て三島部長は孫をみるような目で優しく微笑《ほほえ》む。

「本当は営業課にいたんだけどねぇ。どうもプログラムに興味があるとかでこっちに配属になったんだよねぇ。でも、アルバイトの子に任せられることはほとんどないから」

俺は三島部長から渡された履歴書を見る。

【雪村《ゆきむら》ヒナ　17歳　高校3年生　私立メルセデス女学院】

メル女といえばかなりのお嬢様学校。バイト許可してたんだ。金髪をサイドハーフっていうのか？　アニメキャラっぽい髪型にした気の強そうな顔。でもまだあどけない感じが写真から溢《あふ》れている。

「むむぅ……」

間宮さんが頬を膨らませて履歴書をジトッと見つめている。

「間宮さん、どうしたんです？」

「女子高生……むぅ」

ぷくっと膨れたほっぺたはピンク色で赤ちゃんみたいだ。

いつも笑顔の間宮さんだがこんな表情もするんだな。

「間宮さんの仕事は増えないんで大丈夫ですよ、三島部長も言ってる通り俺が面倒みるっぽいんで」

本当は女性である間宮さんにお願いしたいところだが、間宮さんにはSNSを成長させるという大きな課題がある。すなわち、雑用バイトの面倒をみる暇はない。

「藤城くん、ちょっと手間かもしれないけれどよろしくねぇ。もう雪村くんも席についている頃じゃないかな。戻ろうか」

三島部長が「よっこいしょうきち」と言いながら席をたち会議室を出て行った。

「……じょしこうせい……わかい……つよい……ライバル」

間宮さんが後ろでブツブツ呟《つぶや》いているのが聞こえた。


デスクに戻ると開発部の島にポッンと座っている少女がいた。有名私立高校の可愛らしい制服はそこそこ着崩されていてとてもおしゃれだ。

いや、私立なのに着崩してるのはありなのか……？

「君が雪村くんだね、よろしくねぇ」

三島部長に声をかけられると立ち上がって深々とお辞儀し、雪村ヒナは俺たちの方を向くとぺこりと頭を下げ、

「雪村ヒナです。よろしく……お願いします」

と言った。

三島部長は俺を指差して、

「困ったらこのお兄さんに聞くんだよ」

と言った。雪村ヒナは「はい」と笑顔で頷《うなず》く。

なんだ、見た目はきつそうだけどいい子じゃんか。

と安心した瞬間、雪村ヒナは一瞬で俺との距離を詰めてきた。

「お兄さんがヒナの教育がかり？　どんなこと教えてくれるの？」

ちょっとバカにしたような上目遣いで、雪村ヒナは人差し指で俺の胸あたりをツンッとつついた。

「みたよぉ、お兄さんが書いたコード。すごいなぁ。ヒナ、教えてほしいなぁ、いろんなこと」

今度は俺の服の裾を軽く引っ張って口を尖《とが》らせる雪村ヒナ。

まずい、だめだ。これで動じちゃだめだぞ俺。

「ははは……えっと、雪村さん、じゃあまずはせ、席についてー」

「はーい、あっ、おにーさん。ヒナ、苗字《みょうじ》は好きくないからヒナちゃんって呼んでほしいですぅ」

ぷくっと片っぽのほっぺただけ膨らませた雪村ヒナは、まるで自分の可愛さを理解しているようなそんな気がした。

でもなんで苗字が好きじゃないんだろう？

ユキムラって可愛い名前だと思うけど……？

いや、お嬢様だし家庭の事情が複雑ってこともなさそうだけど、過去のトラウマとかある場合もあるし深掘りするのはやめとこう。

「わ、わかった。じゃあ、俺のこともお兄さんはやめてね？」

女の子と話すのだって間宮さんがほぼ初めてだったのに、ＪＫなんてのはもう俺にとっては未知の世界。

もちろん、偽物《にせもの》さんとしてネット上でＪＫと思われる人たちがコメントしてくれることはあっても、実際に会うことなんて絶対にないわけで……。

「え〜、ヒナ、お兄ちゃん欲しかったからお兄さんって呼んじゃダメ？」

「だめ、一応職場だし……」

「じゃあ、せーんぱいとかは？」

「いや、それも職場だし……」

「じゃあ、今日からフジくんね。で、間宮先輩は〜うーん、ユリちゃん。んで、部長は部長でいっか」

なんてワガママなやつなんだ。

ＪＫってのはこんなもんなのか？

「ユリ……ちゃん」

間宮さん、怒るかと思いきやなんだか嬉しそう。なんでだよ！

ヒナちゃんは勝手に納得したのかあっさりと俺から離れ、くるっと背を向けて向かい側の席に戻って行った。彼女が翻《ひるがえ》した短いスカートからすらりと伸びた細い太ももと白いレースの……。

俺は！　何も！　見てないぞ！


「藤城さん、私も教えてほしいことがあるんです」

ナイス間宮さん！

俺は今見たものをかき消すように間宮さんの方を振り向く。

俺が勢いよく振り返ったもんだから間宮さんは少しびっくりしたようだった。

「えっと……その、新しいカメグラ企画の資料作りたいんですけど、書き方を……教えてほしくて」

いじいじと顔の前で人差し指をつき合わせながら恥ずかしそうに目を伏せて、間宮さんは体を軽く揺らす。

「じゃあ、雪村さんへのレクチャーが終わったら一緒に作りましょう」

いね～」

「ううん、ヒナは後でいいよ。まだご飯食べてないし。あとヒナちゃんって呼んでくださ
　そう言うとヒナちゃんはデスクにぽんっと風呂敷《ふろしき》包みを置くと勢いよく、

「いただきま～す」

　と手を合わせる。

　風呂敷から顔をのぞかせた可愛《かわい》らしいお弁当。パカッと蓋をひらけば古き良きいい感じのおかずと可愛らしい桜でんぶがかかったご飯。

「お弁当、かわいいね」

　間宮さんが体を乗り出して向かい側に座るヒナちゃんのお弁当を覗《のぞ》き込む。そういえば、今日の俺と間宮さんのランチはコンビニだった。

「ふふふ、毎日自作してるんです。かわいいでしょ～」

　俺は間宮さんに、

「間宮さん、写真撮らせてもらったらどうでしょう？」

「あっ、ヒナちゃん。お弁当とヒナちゃんを写真に撮ってもいいかな……？」

「なんで？」

　ヒナちゃんは不思議そうに首をひねる。

「えっと、えと……会社のカメグラに載せたくて」

うまく言葉が出てこない間宮さん。本当は間宮さんに説明させた方がいいんだろうけど

ヒナちゃんを待たせるのがかわいそうで俺が説明した。

「へぇ～、確かに。可愛い女子高生と可愛いお弁当はカメグラ映えするかも？」

ちょっとおどけた表情でＯＫしてくれたヒナちゃんはいくつかのポーズで写真に撮られ

ると、再度「いただきま～す」と言ってお弁当を食べ始めた。

「美味《おい》しそう、お腹《なか》へるぅ」

ぎゅるるるると間宮さんのお腹が鳴る。

間宮さん、あなたさっきおにぎり３つも食べてましたよ。

「でも、偉いね。自分で朝作って夕方はバイト。それだけプログラムが好きなんだね」

俺の言葉にヒナちゃんは自慢げに口角をあげるとピンッとアンテナでも立ったみたいに

背筋を伸ばした。

「うぅ……」

一方で間宮さんはシュンとした表情で唇を尖らせる。

「フジくんって料理が上手な子が好み……だったり？　ヒナ、意外とフジくんみたいな大

人しそうなお兄さん好きだな～」

コイツ……褒められた照れ隠しでからかってるのか？　得意げに顎をあげるヒナちゃん。

「お、俺は大人な女性が好みかなぁ」

俺の無難な返しはセクハラにならないし深く聞かれないだろうし間宮さんへの失礼にも当たらないし完璧だろ！

と思ったがヒナちゃんはみるみるうちに顔を真っ赤にして箸をぽろりと落とした。自身の胸に手をあて、

「きっとおっきくなるもん」

と小さく呟いた。え、いやいやそういう胸がとかそういう意味じゃやなくて！

「えっと、そ、そうじゃなくてほら年齢的に……なんというか」

「ヒ、ヒナちゃん！　藤城さんはお姉さんな女性が好きみたいです！」

間宮さんが言うとややこしくなるから！　間宮さんは謎に胸を張って誇らしげである。なんで‼

「か、替えのお箸もらってきますねぇ」

俺は戦線離脱。なんか、やっかいなメンバーが増えたようだ。

「じゃあ、次のシフトは明後日《あさって》かな」

俺はまだ慣れないヒナちゃんのためにオフィスの外まで送ることになっていた。

「そ、そうだ」

くるっと振り返るとヒナちゃんは俺に駆け寄ってきて小さな声で、

「フジくんみたいな人が好きってのはホント。あっ、でも……ヒナはまだ子供だから……その、おっきくなる予定だし？　……今はお兄ちゃんみたいって思うからねっ！」

——はい⁉

真っ赤な顔で言い逃げして走り去ってくヒナちゃん。

なんだかよくわからないけど……俺、懐《なつ》かれてる？

◆

なんだかんだヒナちゃんの世話を焼いていたら間宮さんに教えるはずだった資料作成の仕事と、俺が持っている自分の仕事が終わらず残業する羽目になった。

オフィスに人はもうまばらであくびが出るほど疲れていた。

「間宮さん、無理せず帰ってくださいね」

「いいえ、藤城さんに教えていただいた企画書ができるまでやります」

「ほら、もう遅いですし」

「もう少し……」

間宮さんには「カメグラのフォロワーを増やすための企画書」を作ってもらっている。もちろん俺が最終判断をするが、他の社員にも力を借りないといけないから企画書にしないとダメなのだ。

「俺、よければコーヒー入れてきましょうか？」

眠そうな間宮さんを見て俺が提案すると、

「あっ、私がやります！」

と立ち上がる間宮さん。

「ほら、新しく設備された会社のコーヒーマシン。カプチーノが作れるんですけど……間宮さんどうです？」

「カプチーノ作れるんですかっ？　知らなかった。使い方……教えてほしいです」

会社の中にはコーヒーメーカーや無料のお菓子なんかが置いてあるスペースがあって、最近リニューアルしたこのコーヒーメーカーはめちゃめちゃ万能なのである。説明書きがないからわかりにくいけど。

エスプレッソやカプチーノも作れるし、キャラメル系の甘いコーヒーもチップを替えれば作ることができる。

普段は他の部署の奴《やつ》らがいて俺は近づけないけど、残業をして人がまばらになったら触ってみたいと思っていた。

「間宮さん、どれにします？」

「むぅ……私がやりたいです」

少しむくれたような顔。間宮さんは美人だし蝶《ちょう》よ花よと育てられてきて与えられることに喜びを感じないのか……？

いや、そもそも俺みたいなのにもらうのは嫌なのかもな。あはは。

「じゃあ、お願いします」

俺はすっとコーヒーメーカーの前から退くと間宮さんに「どうぞ」とゆずる。すると間宮さんはにっこり笑顔になる。

ほんの1週間くらいしか関わっていないけど、間宮さんってすごく表情がコロコロ変わるよな。女の子ってみんなこうなのかな。

「ありがとうございます！　私、カプチーノがよくて……これですかね？」

間宮さんは嬉《うれ》しそうにコーヒーメーカーと俺とを交互に見た。戸惑う彼女に俺は押すべきボタンと順番を教えた。

「ふふっ、やっぱりホッとしたい時はカプチーノです。藤城さんは？」

「俺は、普通のでいいっす」

「ええ、同じのじゃダメですか」

「あっ、同じのでいいです」

「じゃあ、私が藤城さんのも作ってあげますね」

間宮さんは嬉しそうに頷《うなず》くと最初に入れたカプチーノを俺に手渡してくれた。そういう気遣いだったんだな。なんか、嬉しい。

「ちょっとこっちに座りましょう！　藤城さん、夜景が綺麗《きれい》ですねぇ」

デスクに戻るのではなく、普段は社員たちがご飯などを集まって食べられるリラクゼーションスペースに俺たちは向かった。大きな窓には夜景。

「そうだ、藤城さん。私がさっき渡した企画どうでしょう？」

「はい、今日もらった企画も面白いと思います」

間宮さんはポンコツな一面はあるものの、アイデア自体はすごく面白かったりする。俺は、間宮さんの可愛さに戸惑っているけど……ちゃんと仕事として彼女にもっと真剣に向き合わないといけないな。

「よかったぁ。実は昨日の夜、お風呂《ふろ》でたくさんリサーチしたので褒めてもらいたくて」

えへへ、と弱々しく笑って間宮さんはカプチーノに口をつけた。

俺もなんて返したら良《い》いか分からずカプチーノを飲む。ふわっと甘くて口当たりが良い。温度も絶妙で、残業中には最強の一杯。

「藤城さん、私……もっと成長したいです！」

ぐっと間宮さんが近寄ってきたのを感じて視線を向けると、間宮さん必殺の上目遣い。しかも、上唇には真っ白なお髭《ひげ》。両手でカップを持つ姿は殺人的に可愛い。ラノベの口絵か！　多分これ……カメグラに載せたら死ぬほどバズってオファーくるレベル。

「は……はい」

と思いつつも間宮さんは真面目に俺に宣言をしているので視線をそらし返事をした。

「あちちっ」

間宮さんが紙コップをテーブルに置いた。

「大丈夫ですか？」

「は、はいっ、あの藤城さん」

間宮さんはお髭をつけたまま俺をじっと見つめている。

「え、えとなんすか？」

「マグカップ……」

間宮さんはポツンと言った。

マグカップ？

「良ければ今度一緒に買いに行ってくれませんか？」

「俺っすか？」

「はい、そういえば私……お家《うち》にマグカップとかなくって」

（そんなことある？？？）

「会社においておけばいつでもこのコーヒーメーカーでほかほかできるなって思って」

「確かに自分用のマグカップあった方がいいかもですね」

で、なんで俺が誘われるんだって話なんだけどな……。

「そうだっ、今度カメグラに載せたいので一緒に……その」

「雑貨屋さんが最寄りの駅のそばにありますけど……そこで買うとかですかね？　ヒナちゃんなら知ってそうっすけど……」

「むぅ……藤城さんは一緒に行ってくださらないんですかぁ？」

間宮さんはぺろりと白髭《しらひげ》を舐《な》めた。

「じゃその、今度行きましょうか……」

間宮さんがにっこりと微笑《ほほえ》む。

「そうだ。今日のヒナちゃんの写真、けっこうライクがもらえたんです」

ライクというのは写真への反応だ。フォロワー数が100人くらいだったからその3割あればいい方だろう。

「なんと200ライク！　ヒナちゃんの制服ブランド……ですかねぇ、フォロワーも500人になったんです」

間宮さん、そんな大事なこと、なんで報告してくれないんすか！

と言いたい気持ちを抑えて俺は、

「おぉ、間宮さんの文章のおかげもありそうっすね」

と褒めて伸ばす気持ちで言った。

間宮さんはカプチーノのヒゲをつけたまま俺の手を握ると、胸が当たりそうなくらい俺に詰め寄ってうるうるした瞳で見つめてくる。

誰もいないオフィス、二人きり。

「ま、間宮さん？」

勘違いするなよ、間宮さんは褒められて嬉しいだけで俺のことが好きとかそういうんじゃなくて……。

「私、頑張りますっ！　ふ、藤城さんを喜ばせたいです」

——⁇

「えっと、あぁ……残りは明日にして今日はもう帰って休みましょう。俺も、楽しみにしてます」

多分、間宮さんは疲れているんだと踏んで俺はそう言った。

まさか、間宮さんが俺のために頑張るなんてそんなわけのわからないこと……間宮さんもこの1週間、慣れない勉強ばかりだったから。

間宮さんはぱっと手を離すときゅっきゅっと目をこすった。

「コーヒー、飲んでもまだ眠くて……今日はお言葉に甘えてお先に失礼しますね。あっ、そうだ。明日は少し早くきて頑張ってみます。楽しみにしててくださいねっ！」

フォロワー　５００人

◆

間宮さんが帰ってから俺はしばらくエンジニアとしての仕事を片付けていた。正直、間宮さんは頑張り屋さんだしヒナちゃんに関してもちゃんと面倒をみないといけないと思っている。

ただの平社員だった俺が、こんな責任の重い仕事をすることになるとは。

「誰もいないオフィスそういや初めてだなぁ、どうやって閉めるんだっけ」

鍵をポストに入れるのか持って帰るのかどっちだっけ。

「あぁ、戸締りと電気の点検か」

俺はマニュアルを見ながら電気チェックをすることにした。

給湯室、トイレ、会議室、男子更衣室。よし、消した。

「あれ」

女子更衣室の電気が点《つ》いていた。女子は間宮さんで最後だったはず。間宮さん……消し忘れたな。

間宮さんは抜けているところもあるし、かなり眠そうだったから仕方ないか。やっぱり、駅まで送った方がよかったかな。いや、俺みたいなのと退勤後も一緒は嫌か。

俺は女子更衣室に足を踏み入れて電気のスイッチまで向かった。

「ひぃっ……」

——え??

俺のものではない声。誰もいないはずの女子更衣室。

俺は反射で振り返った。

「きゃ――っ！」

俺の視界に飛び込んできたのはピンク色の下着姿の女子だった。長い黒髪にかなり豊満な胸、外国人のようなグラマラスなスタイル。

その子は顔を真っ赤にして両手で胸を隠すように押さえている。


「今度……お店紹介してあげますから」


胸が大きくてシャツのサイズが見つけられなかった間宮さんに木内さんがこっそり言ったのが聞こえたことがあった。

あの時俺は「どうして木内さんが」と思ったが……木内さんを見て俺は理解する。

そういうことだったのか！

って俺！　何考えてんだよ！

「す、すいません！！！」

俺は真っ赤になって体を隠している木内さんから視線を外して更衣室を飛び出た。まずい、まずいぞ！

俺はデスクに戻るとカバンをひっつかんでそのまま階段でビルの玄関口まで走った。

あぁ、俺はセクハラでクビ……？

それとも痴漢でタイホ⁇

超絶美人広報の間宮さんとの仕事もなんとかなりそうだったのに、俺、職を失うかもしれない……。

その時、スマホの通知音が鳴った。駅のベンチに座って確かめる。

社内チャットだ。

――しかも相手はあの木内ミコ。

【藤城さん、お疲れ様です。先ほどは失礼いたしました。落とし物をなさっていたのでご連絡を……まだ近くにいらっしゃいますか？】

チャット文に添付されていた画像には俺の家の鍵が写っていた。下着姿の木内さんにびっくりしてポケットから落としたか。

でも、木内さんはそんなに怒ってないみたいだ……謝っておこう。

【木内さん、すみません。俺も声をかけずに更衣室に入るなんて……申し訳ないです。まだ駅にいるのですぐにオフィスに戻ります】

俺が返すとすぐにチャットに返信があった。

【わかりました。少し、お話があるのでお時間をいただいても良いでしょうか】

あぁ……死刑か。

これはスライディング土下座して許してもらえなくても警察沙汰だけは避けなくては。

【急ぎます】

俺の返信に可愛《かわい》いスタンプで木内さんは返事をしてくれた。俺は覚悟を決めて駅を出るとオフィスへと向かった。

仕事の心得3　情報は最新にアップデートしておくべし!

オフィスにつくと俺の席の隣、普段は間宮《まみや》さんが座っている席に木内《きうち》ミコは座っていた。クール系美女という言葉がぴったり。冷たい表情のまま、木内ミコは俺に会釈《えしゃく》をした。

「す、す、すみませんでしたー!」

俺は腰を90度に曲げて謝罪する。

しばらく頭を下げたままでいると木内ミコが小さく、少し悲しそうな声で、

「私のこと、覚えてない……よね」

と言った。

全く予想していない回答に俺はびっくりして顔を上げる。

「へ?」

「そ、そうだよね。苗字《みょうじ》も変わってるし見た目も変わってる」

木内ミコって結婚してたっけ?

いや、同期で入社した時からこの苗字のはずだ。

「柏木《かしわぎ》……ミコ。藤城《ふじしろ》くんの高2の時の同級生。不登校で……その、プリントとか届けてもらってた」

俺の頭の中にパッと高校生の時の景色が浮かんだ。柏木ミコは高校2年生の時に同じクラスだった病弱な女の子だ。雑用係を押し付けられていた俺は何度か彼女の家にプリントを届けに行って、少しだけ仲良くなった。

同じゲームが好きでヲタクっぽい女の子だったから話もあった。

でも記憶が曖昧でいい部分だけを覚えているのかもしれない。

「うそ……まじ？」

「まじ……。私、転校したでしょう？　かなり急に」

そうだ、柏木さんはかなり急に転校が発表されて俺は驚いた記憶がある。何しろ、俺の中では結構仲の良《い》い友達だと思っていたのになんの連絡もなく、夜逃げするみたいにいなくなった。

「実はね、両親が離婚して……まぁ色々事情があったの。だから、ケータイも何もかも新しくして……もちろん、偽物《にせもの》さんは見てたんだけどね。急にいなくなったことが気まずくて」


木内さんはカバンから出したメガネをかけてみせた。

氷の女王と呼ばれる木内ミコの表情ではなく、柔らかくて優しそうな表情。確かに、俺が知っている柏木ミコだった。

偽物さんが俺だと知っている人がここにまた一人……いたんだな。

「うっそ……まさかおんなじ会社に同期で入るなんて思ってなかった」

「私も、ずっと話しかけられなくてごめんね」

柏木さん……じゃなくて今は木内さんか。当時はもっと大人しそうな子で、良い意味で女っ気のない子だった。だからこそ俺は友達として対等に仲良くできたんだと思う。

「でも、女子更衣室に入るときは声かけ。私じゃなかったら社会的に死んでるよ？　藤城くん」

「はい、すんませんでした。お詫《わ》びならなんでもします」

「じゃ、じゃあ……連絡先……とか教えてほしいな」

木内さんは真っ赤になり俯《うつむ》いた。

「も、もちろん」

「また……連絡取れるの嬉《うれ》しいな」

俺は目の前にいるのはクール系美女なのに、その中身がおしとやかでおとなしい同級生だと思うと頭が混乱しそうになる。

木内さんは「連絡、するね」と言い残してオフィスを後にした。

◆

「あぁぁ！　藤城くんナイス」

俺はコントローラーを握る手がじんわりと熱くなる。

うちのヘッドセットが安物のせいで木内さんの声が少しだけ掠《かす》れている。

「もう一戦いきますか」

「相変わらず木内さんうますぎ」

「ふふふ、ありがとう」

俺と木内さんはメッセのやり取りで同じゲームをやっていることが発覚、そのままフレンドになって一緒にプレイしている。

「藤城くん、偽物さんすごいね」

「ま、まぁね」

「あんな人気インフルエンサーになるとは思わなかったなぁ」

木内さんはクスクス笑うと、

「なんか子供が育ったみたいで嬉しい」

と言った。

「確かに、最初は風景とか猫とかそんなんだったもんね」

「私がお願いしたんだよね」

「そうそう、木内さんが猫好きだったから俺が近所の猫の写真とって回ったり、風景の写真とか……あと親父《おやじ》の店の料理の写真とか」

「懐《なつ》かしいなぁ……やっぱり将来は偽物さんで食べて行きたいとか？」

木内さんは器用に話しながら敵を撃破する。さっきまではスナイパー、今はアサルトライフル。死ぬほどうまい。

「印税生活……最高だよなぁとは思う」

「レシピ売って生活かぁ、藤城くんらしいな。お店はお兄さんが？」

「あぁ、兄貴は兄貴で別のレストランやってて……親父は今店畳んで山奥でキャンプ場やってるよ」

「素敵……」

「兄貴の店なら都内だし……紹介するよ」

バチバチと敵が倒れ、木内さんが俺に支給物資をくれる。

「あざす……」

「藤城くんさえ良ければ今度連れてってよ」

「兄貴の店？」

「うん、ほら……積もる話もあるし」

「あはは、まぁそれはそうか」

「藤城くん！　そっち！」

「わわっ！」

「ドンマイ〜」

木内さんはクスクスと笑った。

「また藤城くんと話せて嬉しいな」

俺も、少しだけ嬉しかった。木内さんは心の許せる女子だったし（一悶着《ひともんちゃく》あったが）、気を遣わずに話せる異性の存在が同じ会社にいるのはでかい。

「俺も」

「じゃあ、もう一戦！」

◆

朝、俺は眠い目をこすりながらエレベーターに乗った。

「すみません」

という声とともに半分閉まりかけていたエレベーターのドアが開く。

大荷物を抱えた木内さんがバタバタと入ってきて「すみません」と声を上げる。あまりにも多くの荷物を抱えているせいでほとんど前が見えないみたいだ。

「木内さん？」

「あっ、藤城くんおはよ」

「半分持つよ」

「すみません〜！　乗ります！」

朝から間宮さんの声。寝坊でもしたのか少しだけ乱れた髪でエレベーターに駆け込んできた。

「あっ、おはようございます！　藤城さん、木内さん」

俺は半分くらいを木内さんから受け取る。

間宮さんはポチッとエレベーターのボタンを押した。木内さんが俺の方を見て、

「うん、ちょっとばたついてて1時間前に出社してたんだ、ありがと」

と言った。

木内さんは昨日最後まで残業してたよな……？

「総務っていつもこんな感じなの？」

「えっと、今日はね……。後輩のミスで郵便物が全部返ってきちゃって……。これから全部書き直ししなきゃいけなくて」

「えぇっ……大変ですねぇ」

間宮さんが木内さんに言うと、木内さんは「そうね」と困ったように眉を下げた。

優に数千はあるぞ……この封筒。

「手伝おうか……？」

「ううん、大丈夫。けど……運ぶのだけ手伝ってほしいな」

「わかった」

「ありがとう」

エレベーターが俺たちのオフィスの階につくと木内さんは急いだ様子で総務部の方へ向

かった。俺も彼女についていき、指示された通り荷物を渡す。

「本当に平気？」

「うん、大丈夫。重かったのにありがとう」

氷の女王と呼ばれている木内さんの柔らかい表情に、総務部の他の連中は少し驚いたようだった。


俺は総務部をあとにして自分のデスクへ向かう。

「藤城さん、それ……」

「ん？」

間宮さんが指差したのは未開封のエナジードリンクだった。ひっつけられた付箋には「昨日は遅くまで楽しかった。ありがとう」と美しい文字で書かれている。

「あっ」

俺は急いでエナジードリンクの付箋を引っぺがして言い訳を考える。

って……なんで俺が言い訳考えてんだ？

「むぅ……」

間宮さんは頬を膨らませて疑うような表情で俺を見つめている。

いや、間宮さんがむくれる理由もわからん！　なんで！

「藤城くん、さっきはありがとう」

俺と間宮さんに声をかけてきたのは木内さんだった。もちろん、このエナジードリンクの送り主は木内さんである。


「藤城くん！　右行った！」

「おけ、回り込むからそっちからよろ！」

「残り一人！」

「絶対ウィナーになろう！」


オンラインバトルゲームを朝まで、ボイチャ付きでプレイしていたのだ。木内さんは元々ゲーム好きだったこともあってかなりうまかったし、俺も久々に仲の良かった子と話せて嬉《うれ》しかった。

「これ、木内さんが？　ありがとう」

「昨日はごめんね、ついつい楽しくて」

「あはは、俺も久々に夢中になったなぁ」

木内さんは腕いっぱいのファイルを抱えて「じゃあ、これから整理があるからまた」と言い残して去って行った。

「藤城さん……木内さんとお付き合いしているんですか……？」

「えっ？　いや、してないです」

間宮さんはなぜかホッとした様子でゆっくり瞬《まばた》きをした。

なんで間宮さんがそんなこと気にするんだろう？

「どうゆうご関係で？」

ギィッと椅子が音を立てるくらい間宮さんが急激に近寄ってくる。ジト目、というんだろうか。ちょっと怖い。

「え、えっと……高校の同級生だったんです」

「ふえっ？」

俺の返答に腑《ふ》抜《ぬ》けた声を出した間宮さん。

「どうきゅうせい……？」

「はい、木内さんの方が苗字《みょうじ》が変わってたので気がつかなかったんですけど、その～はい」

「じゃあ、夜まで何を？」

(なんだこれ、浮気《うわき》の尋問みたいだな)

「流行《はや》ってるバトルゲームです。戦う系のやつ」

俺はスマホで検索し、ゲームのタイトル画面を見せる。間宮さんは「知らないけど流行っているんですかね」と首をひねった。

「そうですねぇ……ゲーマーの間ではちょっと流行ってますね」

「藤城さんはゲームがお好きなんですか？」

間宮さんはパチクリと瞬きをする。

「そうっすね。ゲームとか好きですね。間宮さんはやらないっすか？」

「あんまり、しないです。今度よかったら教えてくれませんか？」

なんでも興味津々《きょうみしんしん》の間宮さん。

とはいっても俺の好きなゲームって戦う系とかそういうのが多いし、間宮さん怖がるかもしれないしなぁ。

「と、とりあえずまずはフォロワー達成してからにしましょう」

流石《さすが》に間宮さんとプライベートでってのはハードルが高すぎる。そもそも、間宮さんも本気で言っててないだろうし。


「今日も元気だねぇ。間宮くん藤城くん」

三島《みしま》部長が「よっこいしょ」と腰をあげると茶封筒を俺によこした。

「いやぁ、それね。帝都水族館のカップルチケット。取引先から『奥さんとどうぞ』なんてもらったけどねぇ。妻は魚が苦手でねぇ。よければ藤城くん、彼女でも誘って行っておいで」

俺はそっと茶封筒を開く。中には水族館のチケット。

「三島部長、俺彼女なんていないっすよ」

「またまた、良《い》い年した良い男が何を言ってるんだい」

三島部長……俺に彼女なんかいるわけないじゃないっすか。っても三島部長の笑顔見てると突っ返すのもなぁ。

俺は困って間宮さんの方を……あっ、そっか。

「間宮さん、よければどうぞ。俺……誘う相手もいないですし。それにここのカップルチケット、同性同士でも大丈夫みたいなんで、よければ彼氏さんかお友達と」

間宮さんは茶封筒をすんなりと受け取ると何かを言いたそうに、

「えっと、藤城さん」

と声をかけてくる。

「あ、そうだ。もし行けそうなら写真撮っとくといいかもです。一応取引先だし、それに帝都水族館って映えスポット結構あるんですよね」

「わ、私、彼氏はいなくて」

「じゃあ、お友達でも誘ってリフレッシュしてきてください」

間宮さんはぎゅっと封筒を胸に押し当てると小さな声で、

「あ、ありがとうございます」

と言って席についた。

もしかして……間宮さんも魚嫌いとかそういう感じだったかな。

◆

「藤城さん、お先に失礼します」

間宮さんは定時ぴったりにカバンを肩にかけた。

「お疲れ様です」

今日の間宮さんは社長との会議やら、新しい企画書の作成やらで忙しそうだった。


「藤城さん〜助けて〜！」

「藤城さん、またＰＣが固まって……」

「藤城さん、お腹《なか》すきませんか……お菓子買いに行ってきます」


なんて、いつもなら結構な頻度で話しかけてきていた間宮さんも、今日はなぜか話しかけてくる回数が少なかったような？

「あっ、そうだ。藤城さん」

と思ってたら間宮さんが踵《きびす》を返《かえ》して俺の方へやってくる。

「あの、電話番号とか……交換しても良いですか？」

電話番号……か。基本は社内チャットでやりとりをするけど、一応同じ業務をするなら知っておいた方が良いのかな。

「あ、緊急連絡先ですかね？」

「えっと、藤城さんの電話番号……です」

「わかりました」

俺は電話番号を書いて間宮さんに渡し、俺ももらう。

「ありがとうございます！」

間宮さんは紙切れを大事そうに胸に押し当てると大急ぎでオフィスを出て行った。

間宮さんは不思議な人だなぁ。なんて思いながら俺はコーヒーメーカーの方に向かった。

木内さんもまた仕事を終えて帰る準備をしているようだった。

突然、バッグに手を突っ込んでいる木内さんを見て、俺は当時の記憶がフラッシュバックした。

「突然だが、柏木《かしわぎ》は昨日付けで転校することになった。親御さんの事情で転校先や引越し先については開示できないことになってるんだ」

「柏木さんのところ、離婚したって聞いたけど」

「病気で死んだって聞いたよ？」

【このメッセージは送信できませんでした】

「でも、仲良い子いなかったしどれが本当なんだろう？」

【おかけになった電話番号は現在使用されておりません】

【このアカウントは存在しておりません】


「藤城くん？　まだ仕事？」

木内さんが春色のマフラーを首にかけて少し疲れた表情で話しかけてきた。

「あぁ、うん」

「あのさ……昔のこと、謝らせてほしいんだ」

木内さんは悲しそうに俯《うつむ》くと、

「ごめんね、何も言えずに勝手に消えたりして。本当は藤城くんだけには伝えたかったけど……できなくて」

木内さんは俯いていた顔を上げると真っ赤な顔で言った。

「でも、また仲良くしてほしいな」

「もちろん。またゲームしよ。ってか木内さんうますぎ」

そう、実は昨晩のバトルゲーム、正直木内さんがうますぎた。俺はゲーム好きを名乗っているのに大変情けない。

「休みの日はずーっとゲームしてるから」

そこんところは相変わらずなんだな。

好きなことになると早口になって、どことなく男子っぽい趣味とかあって。懐《なつ》かしいなあ。

「来週の新作ももちろんやるでしょ？　藤城くん」

「フラゲしてでもやるっしょ」

「藤城くん、女子更衣室は……？」

「声かけてから入る」

「よし、じゃあお疲れ！」

「お疲れ～」

一人での残業を終えて俺は家で一服、もう22時をすぎていた。今日は面倒だし、パパッとカップ麺でも食べるか。偽物さんの投稿はおやすみ。コメントにライク返しだけしようか。

なんて思っていた時だった。

テーブルの上のスマホが大きな音を立てる。

【間宮さん】

間宮さんからこんな夜中に電話？

「もしもし」

「あっ、えっと藤城さんですかっ？」

「えっと、はい。藤城です」

「夜分遅くにごめんなさい」

間宮さんは外にでもいるのか、ゴウゴウと風の音が聞こえた。

「どうかされました⁇」

「えっと……藤城さん！」

「はい」

「水族館のことなんですが……」

あーまずったか。やっぱ押し付けたのは迷惑だったかな。

「私、行きたいと思っていて」

「お、よかったです」

じゃあ、企画の相談かな？　だとしたらなぜ今。

「えっとその……藤城さん。私と一緒に水族館に行きませんか？」

「へっ？　俺とですか？」

「はい、藤城さんと水族館に行きたいなと思っていて……」

ううん……？　どうしてだろう。

あぁ、俺が仕事の写真撮ってきたら良《い》いと言ったから気を遣わせてしまったかな。

「えっと、ダメ……ですか？」

まずいぞ……まずいぞ俺。女の子から水族館に誘われるなんて仕事としても初めてだし、そもそも相手はあの間宮さんでカップルチケット。

「は、は、はい。お、俺で良ければ大丈夫なんですが、スケジュールどうしましょう？」

無論、俺を誘うということは仕事として行きたいんだろうから平日だろう。俺と間宮さん1日空けられるかな……。

「来週の日曜日……とか」

——日曜日？　まさかの休日！

「え？　間宮さん、でもこれお仕事で行くんですよね？」

「えっ、えっ……そりゃお仕事も兼ねて……ですけど、とにかく藤城さんと行きたいんです！」

やばい、なんかドキドキしてきた。なに？　世間のリア充さまたちはこんな毎日ドキドキしてるんです？

「わ、わかりました」

まさか、これデートのお誘いじゃ……？

「そしたら……今週は水族館でどんなＰＲが作れるかの資料を作るので手伝ってください

ね」

あっ……ですよね～。何勘違いしてんだ俺。間宮さんみたいな子が俺をデートに誘ってくれるわけなかろうが。

「もちろんです。明日からリサーチ頑張りましょう」

いっときでも期待してしまった自分を罰したい。恥ずかしい。

「藤城さん……」

「はい、どうしました？」

「あの……えっと、あの……おやすみなさい」

まるで告白するみたいに「おやすみなさい」を言った間宮さんは電話を切ってしまった。

なんだったたんだ。

来週の日曜日……か。俺の人生初のデートは悲しきかな仕事で消費されそうだ。

幕間《まくあい》2

ドキドキして体が熱い。

私はベランダに出て少し夜風に当たる。まだ肌寒い春の夜に、震える手で私はスマホをタップした。

「もしもし」

何コールかして藤城《ふじしろ》さんの声がした。

頑張れ私！

でも緊張してうまく声が出せない。ドキドキして心臓が飛び出しそうだった。

「えっと……藤城さん！　水族館のことなんですが……」

私は水族館のチケットを握りしめる。藤城さんを誘わなきゃ。

「は、はい」

藤城さんは困惑しているみたいに返事をしてくれる。

でも、誰かを誘うなんて初めてだからどうしたら良いのかわからない。

「私、行きたいと思っていて」

何言ってるの私～！　重要な目的が抜けてるじゃない！

「えっとその……藤城さん。私と一緒に水族館に行きませんか？」

ぐっと拳を握る。

「へっ？　俺とですか？」

どうしよう、いやだったかな？

当たって砕けろだ！　ちゃんと誘わなきゃ！

「はい、藤城さんと水族館に行きたいなと思っていて……」

藤城さんは黙ってしまう。彼女はいないって言ってたけど……好きな子がいるとか？

「えっと、ダメ……ですか？」

私は泣きそうになるのをこらえながら聞いてみる。

「は、は、はい。お、俺で良ければ大丈夫なんですが、スケジュールどうしましょう？」

よかった。大丈夫みたい。

私はスケジュール帳を開いてみる。友達も恋人もいない私のスケジュール帳はいつも真っ白。

ゆっくり回れるとしたらやっぱり……

「来週の日曜日……とか」

「え？　間宮《まみや》さん、でもこれお仕事で行くんですよね？」

藤城さんが慌てたようにいう。

そっか、急に先輩である私からプライベートでって誘ったら怖かった……かな？　ここは私が気を遣わなきゃ！

「えっ、えっ……そりゃお仕事も兼ねて……ですけど、とにかく藤城さんと行きたいんです！」

「わ、わかりました」

「そしたら……今週は水族館でどんなＰＲが作れるかの資料を作るので手伝ってくださいね」

そうだ。せっかく一緒に行けるんだしお仕事の方にもプラスになればいいよね。

「藤城さん……」

「はい、どうしました？」

「あの……えっと、あの……おやすみなさい」

私はあまりのドキドキに電話を切ってしまった。真っ白なスケジュール帳に書き込む。

【水族館デート】

手帳に書き込むだけでドキドキしてしまう。けれど私はスマホの通知がならなくて少ししょんぼりもしている。

今日は偽物《にせもの》さん、更新してないんだよなぁ。というか最近……更新頻度が減ってしまった。

忙しいのかな、もしかして彼女ができた……とか？　いやいや、偽物さんくらい素敵で料理が得意な男性だったら引く手あまただろうな。もしかして、もう結婚してるかも。

私は偽物さんのカメグラページに入って上がっている写真をスワイプしていく。彩《いろど》り豊かなオシャレ料理、家庭的な和食もお皿がオシャレ。男性とは思えないすらっとした綺麗《きれい》な手。

綺麗な手……。小指に絆創膏《ばんそうこう》。偽物さんってどんな仕事しているんだろう？

きっと素敵なんだろうな。

仕事の心得4　経費申請を忘れるべからず！

「フジくん～、なんかそわそわしてんじゃない？」

ツンツンと俺の肩をつついたヒナちゃんは眉をクイッと上げると「どうなのよぉ～」と顔を近づけてくる。

「雪村《ゆきむら》くん、仕事仕事」

「苗字《みょうじ》で呼ばないでって言ったじゃん」

「ヒナくん」

「だめ」

「ヒナちゃ……ん」

「よぉ～し、仕方ないから許してあげるけど……もしかしてフジくん。週末デートとか？」

なぁぁあんでわかるんだよ！　デートでは！　ないけど！

女の勘？　JKの勘？　やっかいすぎる。

「ユリちゃんもそわっそわでポカばっかりだし～、もしかして二人、付き合ってる感じ？」

ヒナちゃんは間宮《まみや》さんの胸元をツンツンと指でつつく。ヒナちゃんの陽キャなコミュ力のおかげか間宮さんとヒナちゃんは本物の姉妹のように仲が良くなっていた。

「んやっ、ひ、ヒナちゃんっ、こらっ」

「ほれほれ～」

「ちっ、違いますっ。そわそわしてなんかないもん」

「もしかして～」

俺がヒナちゃんに声をかけると、ヒナちゃんは少しだけ迷ってから俺の方へ再度駆け寄ってきた。

そして俺の耳元で、

「ヒナも今度、フジくんとデートしたいなぁ」

と囁《ささや》いた。

「はいはい、ヒナちゃんが大人になったらな」

「んにゃっ！　どうして男の人はそうやって～！　ヒナだってすぐ大きくなるもん！」

どうやらヒナちゃんの中で「大人＝おっぱい」らしい。ささやかな胸の女性に抹殺されるぞ。

ヒナちゃんはプンプンしながらヘッドホンをつけた。

「藤城《ふじしろ》さん、ちょっといいですか」

「はい、どうかしました？」

「このケーキを買いに行こうと思っていて……」

間宮さんが恥ずかしそうに見せてきたスマホの画面には見覚えのある、見覚えのありすぎる画像。

「いちごとマスカットのタルト？」

つい、数週間前に俺が偽物《にせもの》さんのカメグラにアップしたものだった。

「はいっ、私が先週上げた企画の【オフィス・午後のティータイム】で使おうかなと思って。良さそうなら今日がいいかなって思いまして」

「そういえばフォロワー結構増えてきたんですよね、いいかもですね」

「はいっ、では藤城さん！　行きましょう！」

「えっ？　俺もいくんすか？」

「もちろん！」

「これ、木内《きうち》さんからアドバイスもらったんです。えへへ～、怖そうに見えるけど話したらすごく優しくしてくれて……アイデアまで」

なるほど、木内さんのアイデアか。

「なので、木内さんとヒナちゃん。そして私の分を買います！」

「ほ、ほぉ」

「ＯＬが優雅に午後のティータイムを過ごしている風景をＳＮＳに載せてバズらせる作戦です！」

目を輝かせる間宮さん。

まぁ、それがバズるかどうかは別としていい企画だとは思う。何しろあの店のタルトはカメグラ映えするし、美味《おい》しい。

「偽物さんと同じもの……食べられるなんて嬉《うれ》しい」

その名前を聞いてなるだけ顔に出さないようにと俺は顔に力が入る。間宮さんは偽物さんのファンだけど、俺が偽物さんだって知ったら幻滅するに決まっているからだ。

俺がもっとイケてる男だったら、すぐにネタバラシして口説いたりするんかな。まぁできないから俺は人気インフルエンサーにしてなお彼女ができずじまいなのだが。

◆

「わぁ〜！」

店についた間宮さんはまるで女児みたいに目を輝かせてショーケースに見入っていた。

色とりどりのタルトがライトに照らされてキラキラと輝き、店内はバターの良い《い》香りで満たされている。

「いらっしゃいませ、あら」

バーガンディーカラーのおしゃれな制服をきたお姉さんが俺を見て「この前はありがとうございました」と言った。

そう、この前……偽物さんのアカウントに載せたくてタルトを一人で大量買いしたのがさぞ印象的だったんだろう。

「藤城さん、前にもきたことがあるんですか？」

間宮さんが怪訝《けげん》な顔をして俺を見ている。

「えっと、まぁその」

「たくさんご購入いただいて……いつもありがとうございます」

「あ、あはは〜」

間宮さんがじっと俺を見ている気がする。なんで⁉

「藤城さん、やっぱり……カノジョさんいるんでしょ」

（あぁ、そっち、そっちの疑いならまだマシか）

「いないっすよ、俺スイーツ好きなんで〜」

「ぐむむ……本当ですかっ？」

間宮さんはジト目のままぐいっと俺との距離を詰めてくる。

「新作のタルトはいかがですか？　イチジクを贅沢《ぜいたく》に使ったもので……少し大人な味ですがコーヒーによくあうのでオススメです」

（ナイス！　お姉さん！）

新作！

あぁ、ここのタルトは美味しいから是非、偽物さんでも載せたかったが……うーんこの状況じゃ無理だよな。間宮さんにバレるわけにもいかないし。

「ま、間宮さん。決めちゃいましょう。木内さんはイチゴでしたっけ？」

「はいっ、木内さんはイチゴとカスタードのタルト。私はうーん、ピスタチオのタルトにしよう。ヒナちゃんは洋ナシのタルト。藤城さんは？」

「俺も⁉　じゃ、じゃあイチジクのタルトで」

ケーキを買い終わった俺たちはまっすぐ会社に向かう……と思いきや雑貨屋に寄り道をしていた。

間宮さんがずっと欲しがっていた社内用のマグカップを探しにきたのだ。

間宮さんはテンションマックスで雑貨を見ている。手に持っているのはシンプルだけど可愛《かわい》らしいデザインのマグカップ。確かに可愛い。イルカとクジラのペアになっていて水回りにぴったり。

「確かに可愛いっすねぇ」

「でも、取っ手が猫ちゃんの尻尾のやつと迷うなぁ」

間宮さんが次に手に取ったのは猫のデザインのカップで、取っ手の部分が猫の尻尾が丸まったような可愛いデザイン。

「なんでも買うんで好きに選んでくださいね」

「えっ、買ってくれるんですかっ⁉」

「まぁ、そのくらいは出しますよ。いつもお世話になってますし」

間宮さんはにっこりと微笑《ほほえ》むと猫の方のマグカップを俺の持っているカゴに突っ込んだ。

「あと、そうだ。クッションが欲しいですねぇ」

「クッションですか?」

「はいっ、オフィスの椅子って腰がぐーんってなりません?」

「は、はぁ。でもオフィスに小物が増えると大変じゃありませんか?」

「確かに、私選ぶのセンスがなくって……そうだ藤城さん。何か選んでくれませんか?」

間宮さんの表情が俺にも少しわかってくるようになった。今の間宮さんは多分、何か……闇を持っている顔だ。「私は顔だけのお飾りだ」とでも思っているんだろうか。

そんなことないけどなぁ。

間宮さんは確かに顔が抜群に良い。

それでいてポンコツでアホだけどそれが間宮さんの良さだと俺は思っている。ちょっと偉そうだけど……。

「じゃあ、さっきのマグカップ買いましょうか」

「へ?」

「ほら、イルカとクジラのやつです」

「えっ、でも猫ちゃんに決めたじゃないですか」

俺は問答無用でイルカとクジラのマグカップをカゴに突っ込む。間宮さんは不思議そうに俺とカゴを交互に見つめていたが、俺の意図がわかったのか顔を真っ赤にした。

「猫のやつはヒナちゃんに、イルカとクジラは間宮さんと俺が使いましょう。近くの席だからいつでも可愛いマグカップを眺められますよ」

「あっ、じゃあ木内さんのも買わないとですね！」

間宮さんは嬉しそうにペンギンのマグカップを手にして微笑んだ。

「そうだ。お会計お願いしても良いですか？」

間宮さんはカゴを俺に押し付けて来る。

「は、はい。どうかしましたか？」

「私、買いたいものがあるのでっ」

俺をレジの方へ押すと間宮さんはまたマグカップコーナーへと戻っていった。

ここのマグカップすごく可愛いから、家で使うのも欲しくなったんだろうか。俺は少し不思議に思いながら会計を済ませた。


オフィスのリラクゼーションスペースで木内さんと間宮さんとヒナちゃん、そして俺がタルトをおしゃれな皿に載っけて撮影会をしていた。

と言っても載せるのは間宮さんの手先と木内さんの首から下だけのショットで、個人が特定できない形にした。

木内さんも「どうして間宮さんは顔を載せないんだろう?」と不思議そうな顔をしていたが、これは間宮さんのこだわりなのだ。


「私、中身で勝負したいんです」

「外見を褒めてもらえることは嬉しいけれど……やっぱり中身で勝負してみたいから」


木内さんは紅茶、間宮さんと俺はコーヒー。

「ヒナもコーヒー飲めるもんっ」

可愛い猫のマグカップを持ってヒナちゃんがぴょんぴょんと飛び跳ねる。

ムスッとふくれっ面《つら》で駄々をこねているのだ。ひらひらと短いスカートが揺れるのでやめてほしい。

「子供はダメ」

木内さんがヒナちゃんにピシャリというと、

「子供はホットミルクね」

と問答無用でヒナちゃんの猫のマグカップを取り上げた。

「ソームのお姉さんこわーい」

ヒナちゃんが俺の背中に隠れてぎゅっと服の裾を摑《つか》む。そしてひょっこり顔を出す感じで間宮さんと木内さんをジロジロと眺めた。

「ヒナちゃん、おっきくなるにはミルクですよ！　み・る・く！」

間宮さんが胸を張る。

ヒナちゃんの顔が真っ赤になる。

「ぐぬぬ〜、ユリちゃんめ！」

とヒナちゃんは間宮さんではなく俺の背中をぽかぽかと叩《たた》く。痛くないけどあまりの理不尽さに俺はため息をつく。

「こーら、藤城くん困ってるでしょ」

木内さんも呆《あき》れたようにため息をつく。

「木内さんだって、そうでしょう？」

間宮さんが悪い顔で木内さんに近寄ると……

——むにっ。

「ひゃっ」

木内さんが真っ赤になって悲鳴をあげる。俺とヒナちゃんはぽかんと口を開けたまま目の前の光景に呆然《ぼうぜん》とする。

「へへへ、木内さん。いいものをお持ちですねえ」

「間宮さんっ、こらっ！　藤城くん、ちょっと間宮さんを止めてよっ」

「間宮さん⁇」

「はっ！」

間宮さんは木内さんの胸から手を離すと後頭部を掻《か》きながら照れ臭そうに言った。

「私、こんな風に仲の良い人たちと午後のおやつなんて初めてで……つい」

てへへと笑う間宮さんだったが、俺と木内さんは自然と顔を見合わせた。

陰キャで友達の少なかった俺と木内さん。もちろん、俺たちはこうやってみんなでスイーツなんて初めてだ。

でも間宮さんは一見キラッキラの陽キャなのに、初めて……だと？

「へへ〜ん、え〜いっ！」

一瞬雰囲気が暗くなったのを察してか否《いな》かはわからないが、ヒナちゃんが俺の後ろから飛び出すと間宮さんの胸をぎゅむと鷲掴《わしづか》みにした。

「ふーん〜、ヒナだってホットミルク飲むもん！　フジくん！　ヒナはホットミルク！」

猫ちゃんのマグカップを俺にぐいっと差し出してヒナちゃんは顎を上げた。

「はいはい」

俺はヒナちゃんのカップを受け取ってカフェスペースに行きホットミルクを作る。

その間に女子たちはタルトの写真を撮ったり、きゃいきゃいと楽しんでいた。

俺がヒナちゃんのホットミルクを運んでいくと、間宮さんが「いただきます」と手を合わせた。

木内さんも「いただきます」と控えめに言うとまずは紅茶に口をつける。

「うんまぁぁ」

ヒナちゃんがほっぺが落ちそうなほど幸せそうな顔をした。

「間宮さん、ピスタチオって渋いっすね」

「はい、ピスタチオ系のスイーツが流行《はや》っているのを見つけまして……木内さんと藤城さんが人気のものを頼むなら私はこれかなって思いまして」

間宮さんの成長がえぐい。ポンコツだと思っていたが、きっと彼女なりの努力はしているんだろう。

「おいひぃ」

間宮さんはとろけそうなほど目尻を下げて笑顔になった。それをみて木内さんがクスクスと笑う。

「なっ、顔に何か付いてます……か？」

「ううん……間宮さんってすごく……その、可愛い人なんだなって」

木内さんも間宮さんに負けないくらいふにゃりと崩れたような笑顔で笑っている。「氷の女王」とは思えない笑顔だ。

一方で間宮さんは真っ赤になって、

「そ、そんなぁ。わ、私は木内さんよりお姉さんなのに」

とショックを受けたようだった。

「ユリちゃんって末っ子感強いよねぇ」

「ひ、ヒナちゃんまでっ」

「うう～」

「ね、藤城くんもそう思うでしょ？」

と木内さんのキラーパス。確かに間宮さんは先輩だけど少し幼いところがある。末っ子ってのはよくわからないけど……。

「確かに、間宮さんは先輩っぽくはないっすねぇ」

間宮さんが俺の方を見て真っ赤になってほっぺたを膨らませた。

「藤城さんまで……私は一番お姉さんなんですよっ」

「でも私、間宮さんの可愛《かわい》らしいところが魅力だと思うなぁ」

木内さんはイチゴタルトをパクリと食べる。木内さんから俺に目線が飛んでくる。

「俺も……そう思いますよ」

「ほ、ほんとですかぁ〜」

「フォロワー、増えるといいですね。ほら、スイーツは人気だから……今度はヒナちゃんのオススメとかいいかも」

木内さんはそう言いながら紅茶をすする。

「週1でやろうかな」

間宮さんの瞳がキラリと光る。間宮さんの食いしん坊スイッチオンである。

「確かに、週ごとで企画を固定するのはアリですね。例えば、月曜日の朝カフェ、水曜日のJK弁当、金曜日の午後スイーツ……みたいな感じで」

「いいねぇ。ヒナ、スイーツなら詳しいんだぁ」

ＳＮＳは決まった曜日にシリーズものの投稿をすると視聴者がつきやすかったりする。週刊誌や月刊誌のように定期的に観《み》に来れば新しい情報が手に入る……となればフォローする価値が生まれる。

「確かに、偽物さんも土曜日に必ずレシピをあげてますよね！」

偽物さん、と聞いて木内さんがピクッと反応をする。

「偽物さん……？」

「木内さんもご存じですか？」

「もちろん、ね？　藤城くん」

「ヒナも知ってる〜！　人気の料理系男子だよねぇ」

まずい、まずいぞ。

木内さんと目があう。その後すぐに間宮さんと視線がぶつかる。

木内さんは偽物さんの正体が俺だということを知っているのだ。というか、木内さん自身が偽物さんを作るきっかけになった人だったりする。

「藤城くんってさ、写真撮るの上手だね」

「そうかな？」

「ねぇ、ゲームで私に負けたらその分だけ……病気で外に出られない私のために街の景色をカメグラにアップしてよ」

「ええ、俺みたいな陰キャがカメグラなんかやる？」

「藤城くん、ゲームで負ける前提なんだ」

「わ、わかった！　負けなきゃいいんだもんな！」


「素敵だよね、私もフォローしてる」

木内さんは何かを察したように、視線を落とすと小さく微笑《ほほえ》んで、

「そういえば、間宮さんさっき経費申請があるって言ってらしたけどどんなことです？」

と話題を変えた。ありがたい。感謝。

「あっ、実は週末にＳＮＳの企画もかねて水族館にいくんです。藤城さんにもお付き合いしてもらう予定で」

「チケット代ですかね？」

「いいえ、皆さんへのお土産代と交通費です。チケットは三島《みしま》部長からいただいたので。えへへ」

「では経理に提出しておきますね。藤城くんは？　いいの？」

「いいよ、お土産代以外は流石《さすが》に経費下りないっしょ」

「そうね……、休日出勤？　なら少し変わるけど……」

「いえ、休日出勤ではないですよ」

間宮さんが照れ笑いをする。

「デートじゃんっ、いいなぁ。ヒナも行きたかったなぁ」

ヒナちゃんが俺と間宮さんとを交互に見る。

「お仕事もかねてなんだから邪魔しちゃだめだよ」

木内さん、ナイスフォロー。

木内さんには頭が上がらない、本当いつも助けられてるよな。俺はほっと胸をなでおろす。

「帝都水族館ってカメグラ映えするって最近人気のスポットですよね。間宮さん、頑張ってくださいね。藤城くんもちゃんとしないとだよ」

木内さんは俺を茶化すように言った。

「木内さん、よくしてくださって本当にありがとうございます」

間宮さんは目をキラキラさせると子犬みたいにパチクリと瞬《まばた》きをする。

木内さんの方が年下のはずなのになんだか妹感の溢《あふ》れる間宮さん。

木内さんは困ったように笑顔になると、

「じゃあ、ごちそうさま。間宮さんの企画のおかげで美味《おい》しいもの食べちゃった。また誘ってくださいね」

と言った。

席を立って執務室へ戻っていく木内さん。

「ヒナもまだお仕事あるんだった。じゃあごちそーさま！」

ヒナちゃんも執務室の方へ戻っていく。

間宮さんは俺の方をじっと見つめていた。

「ど、どうかしました？」

「藤城さん……あの～」

「は、はい」

「一口……いただいても？」

間宮さんの視線は俺……ではなく俺が食べている途中だったイチジクのタルトに向けら

れていた。俺はフッと肩の力が抜ける。

「あ、どうぞ」

スッと俺が皿ごと間宮さんの方にタルトを渡す。

「いいんれすかっ」

もぐもぐしながら話す間宮さん。

「は、はい」

「ありがとうございまふ」

間宮さんの緊張感のない顔を見ていたらなんだかこっちも緊張しなくなってきた。週末の水族館もこんな感じで仕事っぽく過ごせたらいいな。

「間宮さん、おかわり飲みますか？」

喉に詰まらせたのかコクコク頷《うなず》いている。俺は急いでおかわりのコーヒーを取りに向かった。

フォロワー数　７００人

幕間《まくあい》3　木内《きうち》さん視点

【藤城《ふじしろ》くん、今日ゲームしない？】

（ｄｅｌｅｔｅ）

【藤城く……】

（ｄｅｌｅｔｅ）


私は何度か文字を打っては消してを繰り返し、社内チャットを閉じた。

まだお風呂《ふろ》にも入ってないのにベッドに寝転がって「あーあ」と大きな声を出す。

「また……これか」

木造の天井に手を伸ばしてみる。そのまま目を閉じて想像する。藤城くんの隣に座っているのが私だったら。

だめだめ、何を考えてるのよ。わたしったら。

藤城くんとは高校生の時に両親のいざこざのせいで連絡が取れなくなって、私は彼と離れることになった。

【藤城くん、もしよければなんだけど……私ね、藤城くんが好】

私の手からスマホが奪い取られる。

「ミコ」

「どうして？　お母さんかえしてよ」

「お父さんと、それからこんな土地とはもうさよならするの。お母さんと新しい場所で新しい人と暮らすの、全部全部新しくするの」

「でも……待ってお母さん」

なんの連絡もなく消えたら誰だって傷つく。それを大好きな人にしてしまったのだ。だから私は初恋だったあの時のことは思い出にした。

会社の新卒研修で藤城くんを見つけた時、私は運命だと思った。けれど、なかなか言い出せずに2ヶ月がすぎて……

「もう遅いよね」

私は天井に伸ばした手をぐっと握って歯を食いしばった。

藤城くんは明日、間宮《まみや》さんとデートする。誰よりも可愛《かわい》くて、素直で素敵な先輩。きっと、間宮さんは藤城くんが好きだ。

でも私も、ずっと藤城くんが好きだった。

仕事の心得5　プライベートと仕事は分けるべし！

日曜日。

待ち合わせは水族館の最寄りの駅だった。

時間の10分前、駅の柱に寄っかかってスマホを見る。こうして当日になってみると本当にデートするみたいで心臓がバクバクなっていた。

(これは仕事、あくまでも仕事だから)

「藤城《ふじしろ》さーん！」

間宮《まみや》さんの声だ。俺は覚悟を決めるために一度目を閉じて声の方に視線を向けた。

道ゆく人が振り返るほどに間宮さんが美しい。

真っ白でふんわりしたシンプルなワンピース。春色ピンクのパンプスは歩きやすそうなローヒール。

柔らかい茶色のロングヘアはふんわりと巻き髪で、大きな丸い目はいつもよりも鮮やかなメイクでぱっちりと際立《きわだ》っている。

（やばい……綺麗《きれい》すぎる……これがミスコンの優勝者のレベルか）

「すみませんっ、お待たせしました」

「いえ、そんなことは」

「藤城さん？　いきましょー！」

間宮さんはいたって真剣なようでバッグの中からチケットを出すと俺に手渡してきた。

「藤城さん、今日は１日……よろしくお願いします！」

「こ、こちらこそっす」

「では出発です！」


日曜日の海に隣接している水族館は家族づれやカップルで大繁盛《だいはんじょう》だった。

「カップルチケットですね、ではご入場ください～」

チケットの半券とパンフレットを受け取って俺と間宮さんは水族館の中へと入って行った。

「か、カップル!?」

間宮さんは目を白黒させている。そりゃ、嫌だよな……。ほんと申し訳ない。

「手、手とか……！　繋《つな》いだ方がいいんですかね」

「へぇっ？」

「だって、カップルチケットですよ？」

「ま、間宮さん？」

「あっ、そ、そのなんでもないですっ。早く見に行きましょうっ」

（くっそドキドキした。間宮さん、小悪魔すぎないか）

入館してすぐに目に入るのは大きな透明の柱が数本。にゅるり、と灰色の大きな動物が透明な柱の中を行ったりきたりしている。

「わぁ！　藤城さん！　アザラシさんですよ！」

「かわいいっすね」

「かあいい～」

間宮さんは可愛いアザラシを見てぽやぽやと笑顔になる。

俺はスマホを構えて、柱の中にとどまってつぶらな瞳をパチクリさせているアザラシをパシャリ。なんだろう、自分のこと可愛いってわかりきっているあざとい顔をしているような……？

「わぁ、この子デブちんですねぇ」

間宮さんは俺の方を見てニッコリと微笑《ほほえ》む。こちらもアザラシに負けず劣らず可愛い。

「そういえば、間宮さん。お荷物、俺が持ちますよ」

間宮さんの大きめのカゴバッグ。少しだけ重そうで気になっていた。カップルではないけれど、荷物持ちくらい……と思ったが、無神経だったかな。

「あっ、これはダメです」

「で、でも」

「ダメったらダメ。藤城さん、アザラシさんの次はサメさんですっ」

間宮さんは自然に俺の左手を取るとくいっと引っ張った。俺は子供みたいに体が熱くなるのを感じた。

間宮さんは水族館に夢中で気が付いていない。

「藤城さん、見てくださいっ。サメさん、おっきいですね」

「ま、間宮さん？」

「どうかしましたか……？」

間宮さんは俺の手を握ったまま、上目遣いで首を傾《かし》げた。これだけで俺のＨＰはもう一桁。瀕死《ひんし》。

「あの……手」

「ひゃっ、すみませんっ。私ったらついっ」

間宮さんはパッと手を離すと恥ずかしそうに顔を赤くして頭を下げた。俺も「すみません、すみません」と頭を下げる。

もしも俺たちが中学生や高校生だったら……このままこの手を握り続けるんだろうな。でも俺たちは社会人。

俺と間宮さんは明らかに不釣り合いで、間宮さんは仕事のためにここへきているのに何を勘違いしてるんだ、俺は。

「あっ、シャッターチャンスっすよ！」

俺たちの目の前まで迫ったでかいサメ。間宮さんはスッとスマホを構えてパシャリ。

「藤城さんっ、見てくださいっ。大迫力ですよ！」

間宮さんのスマホにはすぐそこまで迫ったサメの顔面。奇跡的にピントもあってなんだか神秘的な雰囲気だった。

「おぉっ、すげぇ」

「はいっ」

間宮さんは顔の横に手のひらを広げてハイタッチを求めている。俺は控えめにハイタッチをする。

「次は、ペンギンさんですねっ」


この空飛ぶペンギンが撮影困難だった。

というのもペンギンの泳ぐスピードが速すぎるのだ。

「ペンギンさんって泳ぐの速いんですね」

俺たちは上を見上げながら行き交うペンギンを目で追っていた。

「意外に速いっすね」

「本当に鳥みたいです」

「いや、鳥っす」

「あ、そっか」

間宮さんは真っ赤になって恥ずかしそうに微笑むとスマホを構える。

「あっ、ぶれちゃいました」

「うーん、ダメです」

「あー！　おしいっ」

と隣で夢中な間宮さん。美しすぎて死ぬほど目立っている。

「藤城さんはどうですか？」

そんな美しい間宮さんが俺のスマホの画面をぐいっと覗《のぞ》き込んでくる。距離が近い……。

「俺もだめっすね〜」

スマホの中の写真のペンギンはどれもブレブレでお話にならない。うーん、こういう時は……

「間宮さん、カメグラのライブスナップにしましょう」

「ライブスナップ？」

「はい、カメグラの機能で15秒の短い動画を投稿する機能です」

「でもどうして……？」

「動きが速い動物の写真ってめっちゃ難しいと思いますし、このペンギンのいいところはこのスピード感。なら動画で出しちゃおうって」

間宮さんは「おぉ」と目を丸くした。

「15秒なんで30秒くらい撮りましょう」

「はいっ」

間宮さんはスマホを構えてペンギンたちを撮影する。ビュンビュンとすごい勢いで泳いでいくペンギン。

「藤城さんって本当にすごいです」

間宮さんはスマホをスッと下げると俺の方を向いて、眉を下げて優しく微笑んだ。

「俺が……？」

「だって、藤城さんはなんでも解決しちゃうから。PCだって魔法みたいに直しちゃうし、私が困ってたらいつだって助けてくれるし……実は、フォロワーも今週の目標まであと少しなんです。だから、すごく……その」

間宮さんは一瞬顔を下げて、それから真っ赤に照れたような表情で俺を見上げると、俺の服の裾をきゅっと摑《つか》んで見つめてくる。

「藤城さん、私……」

――イルカショーのお時間です！　チケットをお持ちの方はショーステージまでお急ぎください。

でかいアナウンスに間宮さんの声がかき消された。

間宮さんは「イルカショーに行かないと」と言って俺の服の裾を離すとくるっと背を向けてしまった。

カップルチケットの番号が良かったのか俺たちは最前列。配布されたカッパを着てイルカたちの登場を待っていた。

「イルカさんって結構大きいんですね」

「一応あいつらクジラですからね」

「へぇ？」

間宮さんはぽかんと口を開けてプールの中を泳いでいるイルカを見ていた。

「クジラ？　イルカなのに？」

間宮さんは眉間にしわを寄せる。

「あー、まぁパンダが熊の仲間みたいなそんな感じっすね」

「なるほどぉ」

間宮さんは不思議そうにイルカを眺める。

イルカは円形のプールの中をすごいスピードで泳ぐ。じゃぽんと尻尾で水しぶきを立ててプールに潜り……

「おぉ‼　藤城さん！　ジャンプすごいですね！」

イルカが空高くジャンプする。びっくりするくらい高くに設置されているボールにタッチ。イルカは身を翻《ひるがえ》してプールに着水する。

「間宮さん、スマホ濡《ぬ》れますよ」

バシャーン！　と水しぶきが観客席に降りかかり客が悲鳴をあげる。

「あぁ、そうですねっ」

間宮さんはバッグにスマホをしまってカッパの中に入れた。俺もスマホをしまってイルカショーを楽しむことにする。

二頭のイルカがジャンプして交互に飛び跳ねて派手に水しぶきが飛んだ。

「ここの水族館の目玉は……シャチ！」

間宮さんが手をパチパチと叩《たた》いた。イルカトレーナーさんがピュウと笛を吹くと奥のプールからずずんとひときわ大きい背びれが見えた。

白黒の体。しなやかで悠々と泳ぐシャチが俺たちの目の前でジャンプした。

バシャーン！

と、とんでもない量の水がプールから溢《あふ》れて飛び出した。俺も間宮さんもびしょ濡れ。

「つめてっ」

昼飯もまだなのにこの座席は失敗だったか……。女の子は濡れたらメイク落ちちゃうだろうし嫌がるかも……。

なんてリア充風の心配もよそに間宮さんはきゃっきゃとシャチのショーを楽しんでいる。

「あはは～、藤城さんすごい水ですね」

間宮さんは嬉《うれ》しそうに笑うと顔についた水を手で拭った。間宮さんはそもそもメイクが薄いから気にしないようだった。いや、このクオリティーでほぼスッピンかよ……。女性経験が少ない俺でもわかるぞ、奇跡だ。

「藤城さん、濡れちゃいましたね」

間宮さんはバッグからハンカチを取り出すと俺の顔をポンポンと拭いてくれる。俺はびっくりして固まり、じっとしていることしかできなかった。

「シャチさん、すごいですねぇ。おっきい」

間宮さんは俺にハンカチを渡すと無邪気に手を叩いた。ヒレを振るシャチに手を振って子供のような笑顔を見せた。

「実は私、イルカショー見るの初めてなんですっ。小さい時母と来た記憶はあるんですけど……大きくなってからは初めてかも」

間宮さんがにこっと微笑むと、ちょうどイルカトレーナーさんがお辞儀をしているところだった。

「おわっちゃいましたねぇ」

と悲しそうに言った。

イルカショーを見終わって俺たちは水族館の敷地《しきち》の中にある広場に来ていた。ここではシートを敷いてランチを食べたり、水族館に飽きた子供たちが走り回ったりしている。

「間宮さん、服濡れちゃって冷えるんでこれどうぞ」

俺はジャケットを間宮さんに手渡した。

間宮さんはブカブカのジャケットを羽織って申し訳なさそうに眉を寄せる。

（やばっ……俺しゃしゃり過ぎたか……）

俺が不安になっていると「ぐるるる」と大きな音で俺たちの間の緊張感が緩和される。

間宮さんは恥ずかしそうにお腹《なか》を押さえた。

「俺、なんか昼飯買って来ましょうか？」

「いいえ、大丈夫です」

「でも、間宮さんお腹減ってません？」

「藤城さん」

「はい」

「お弁当、作って来たんですっ」


——俺は今日、死ぬのかもしれない。

俺たちはベンチに座って、それぞれの膝の上に間宮さんが作ってくれたお弁当を開いた。玉子焼きにミートボールとタコさんウインナー、ブロッコリーと星型の茹《ゆ》で人参《にんじん》。ご飯にはごま塩。

「召し上がれ～」

間宮さんはゴクリと生唾を飲んだ。そんなにじっと見つめられると食いづらい。

とりあえず、手作りっぽい玉子焼き。

「うまいっす」

間宮さんは嬉しそうにガッツポーズ。いや、なんで？　俺ごときに？

「喜んでもらえてよかったぁ。頑張りました！　はい、あーん」

間宮さんのフォークに刺さったタコさんが俺の口元に運ばれる。

「へっ？」

「タコさん嫌いですか？」

間宮さんは悲しそうな顔。いやっ、嫌いじゃないけど！　そうじゃなくて！

俺は無抵抗で口を開ける。

途端に笑顔になった間宮さん、放り込まれるタコさんウインナーの味はもうわからなかった。

「ありがとうございます」

「さっ、たくさん食べてくださいね」

間宮さんは自身も、もぐもぐと食べながら幸せそうに言った。多分、料理は上手じゃないのにすごく頑張ってくれたんだな……と思うだけでなんか、尊い。

俺はさっきの「あーん」を忘れ去ろうとお弁当のご飯を多めに口に入れた。

「そうだ、藤城さん。偽物《にせもの》さんっていうアカウントが好きだってお話したじゃないですか」

「あー、してましたね」

一番したくない話題である。俺が偽物さんであることは絶対にばれたくない。少なからず間宮さんを落胆させたくないし……。

「私、かなり前から見てるんです。最初は風景とか路地裏のネコチャンとかの写真が多くて、そのうちおしゃれなカフェとかレシピが増えたんです。だから同じ年くらいなのかなって」

「へ？」

「ほら、行動範囲が高校生、大学生、社会人って感じがして……気のせいですかねぇ」

間宮さん、変なところで鋭い。これが女の勘ってやつか。

「まぁでもそのくらいかもしれないですねぇ」

「最近、更新が少なくって寂しいんです。やっぱりカノジョさんとかいるのかなぁ」

あぁ間宮さん。というか俺のフォロワーたちもこんな気持ちなんだろうか。

「藤城さんはお気に入りのカメグラマーとかいます？」

「うーん」

俺はブロッコリーを頬張って考える。正直、カメグラはあくまでも趣味で、がっつり他のインフルエンサーを勉強なんてしてないんだよなぁ。

「やっぱり、可愛《かわい》い女の子とかですか」

「いやー、あんま見ないっすね」

「ほんとですかぁ？」

「ほんとですって」

「間宮さんはその……偽物さんの他にどんなカメグラマー見るんですか？」

「うーん、最近はですねぇ」

間宮さんはタコさんウインナーをもぐもぐしてからキランと目を光らせる。

「他社の広報さんのアカウントを見たりしてますけど……やっぱり偽物さんが一番好きですね！」

（なんかすごい嬉しいような恥ずかしいような）

「かなりお好きなんすね」

「はいっ、偽物さんは私にないものを全部持ってるんです」

「そうですか？」

間宮さんは空っぽになったお弁当箱を閉じると女神みたいに微笑《ほほえ》んで、

「私って、このお弁当みたいに空っぽなんです。お弁当箱が豪華で綺麗《きれい》で素敵なほど、開けた時に空っぽだとすごくがっかりするでしょ？　私はそんな人だから」

「ちょ、そんなことは」

間宮さんは何を思ったか少しだけ強い視線で俺の唇を「しーっ」と人差し指で押さえた。

俺は彼女の言葉を否定したいのにできない。

「偽物さんは一見シンプルなお弁当箱だけど中には美味《おい》しくて温かくて幸せなお料理が詰まってるんです。飾らなくても、嘘《うそ》をつかなくてもその中身だけで誰かを幸せにできる人なんです」

間宮さんはぎゅっと拳を握って、

「だから、私も偽物さんみたいに中身でちゃんと勝負して……外見だけじゃないってみんなに思ってほしくって」

間宮さんが会社のカメグラで頑《かたく》なに顔を出さないのはこれが理由か……。顔がイケてない俺にとって、間宮さんみたいな美人は人生を簡単に生きてるんだろうっていう偏見がある。

でも、目の前にいる間宮さんはきっと本気で悩んでいる。

俺に何ができるんだろう。俺がもしイケメンだったら、今すぐに俺の正体を明かして苦しんでいる間宮さんを元気付けるんだろうか?

「見た目も綺麗な間宮さんが中身で勝負したらもう最強ですね」

って、やっとの事でひねり出した言葉はわけのわからん中学生みたいなフォローだった。

あぁ、これ完全に呆《あき》れられるやつ。

「藤城さん……」

間宮さんはウルウルした目でこちらを見上げると、震える唇で何かを言おうとした。その時だった。

――ピンポンパンポン。

水族館の敷地に響き渡った放送。

『カップルチケットをお持ちのお客様へお知らせです。今日のベストカップルは半券ナンバー32番。32番のカップルさんはクラゲの館へおこしください』

間宮さんはポケットから半券を取り出す。俺も、同じようにポケットから半券を取り出した。

「ふ、藤城さん！」

「ま、間宮さん！」

二人の視線と声が揃《そろ》う。俺は半券の番号を思わず口にした。

「32番！」

この水族館ではカップルチケットという特殊なチケットが存在する。このカップルチケットの特徴、それは……

「今から30分間、このクラゲの館はお二人専用の施設になります。この幻想的な空間はお二人のもの。ごゆっくりお楽しみください」

クラゲの館はクラゲだけが展示されている施設で、専用のロープウェーで会場の孤島に移動して入館することができる。

照明となるのはクラゲたちが泳いでいる水槽のみ。水色や紫の美しいクラゲがゆらゆらと泳いでいる。

間宮さんの白いワンピースも水色や紫の光を飲み込んでなんとも綺麗だった。

「藤城さん、どうやったら綺麗に写るでしょう？」

間宮さんはスマホを覗《のぞ》き込んでいる。

「照明がほとんどないですからね。夜景モードにしてみましょうか」

「ほほぉ……」

「フラッシュを焚《た》かなくても綺麗に写るはずです」

「わぁ……」

「藤城さん、本当に綺麗です」

「ですねぇ」

「見てください、この子、ユリーカって名前らしいです」

間宮さんが指差したクラゲは、ピンク色にライトアップされているアマクサクラゲだった。

間宮さんの下の名前がユリカ。確かに、似ている。

「間宮さんは下の名前ユリカさん、でしたよね」

「ふっ、藤城さんったら」

間宮さんはなぜか顔を赤くして俺の肩を軽く叩《たた》いた。えっ？　なんで？

「ユリーカ、どういう意味なんだろう？　イカですかね」

いや、クラゲなのになんでイカ？　間宮さんは本当に天然なんだな。

「なんか……聞いたことがあるような……」

「藤城さん、思い出してっ」

ユリーカ、ユリーカ。ダメだ思い出せない。

「思い出せないっす」

間宮さんはぷくっとほおを膨らませた。

「間宮さんの由来と一緒かもしれないっす。間宮さんのお名前の由来はなんですか？」

間宮さんは少し目を泳がせると「知らないです」と言った。

やばい……まさか地雷踏んだかも俺。

「藤城さん。手」

「手？」

と間宮さんは俺の手をぎゅっと握ると振り返って、

「カップルチケットの特典ですよ？　カップルらしくしないと……追い出されちゃうかも」

俺は生まれてこのかた女と手を繋《つな》ぐのなんか初めてで一気に心臓が跳ね上がる。間宮さんの手も少し震えているようだった。

「間宮さん？」

「私も思い出せないんです。小さい時、母に聞いたはずなのに」

俺の位置から間宮さんの顔が見えない。見えるのは間宮さんの後ろ姿とアマクサクラゲだけ。間宮さんの白いワンピースがアマクサクラゲと同じ、じんわりしたピンク色に見えた。

「すいません、俺つらいことを思い出させてしまったっすかね」

「いいえ、母は存命ですし……忘れてしまったのは私なので」

間宮さんの手に力が入る。

その時、俺はふっと記憶が蘇《よみがえ》った。


「ユリーカ！」

「なんだよ、じいちゃん。変なこと言ってさ」

俺の家は代々当主が定食屋をやっている。これは俺が子供の頃、じいちゃん家での記憶だ。

「悠介《ゆうすけ》、じいちゃんいいレシピ思いついたゾォ。こりゃばあちゃんもお前の父ちゃんもひつくり返るゾォ！」

「だからユリーカ！　ってなんだよ、魔法の呪文？」

「はっはっ、ユリーカってのはなぁ。探してたものをみつけて嬉《うれ》しい！　って時に使う魔法の言葉さ」

「出たよ、じいちゃんの海外かぶれ」

歳《とし》にしちゃ筋骨隆々なじいちゃんは自慢げに笑っていた。

「この生意気坊主《ぼうず》めっ、見てろぉ。今度のカレーは大人気メニューになるからな」


「見つけた」

俺の言葉に間宮さんが振り返る。

「何か見つけたんですか……？」

「いえ、ユリーカの意味です」

間宮さんは俺の手を握ったままじっと見つめてくる。

「よく、俺のじいちゃんが言ってたんですよ。ユリーカ！　って。確か、見つけた！　とか心から願っているものを手に入れた！　って時とかに使う言葉っす。海外の言葉なのでニュアンスはわからないけれど……確か昔の学者が研究の答えを見つけた時に叫んだとか、そんなエピソードがあったはず」

間宮さんはあっ……と小さく声を上げる。そして目の中に涙をいっぱいに溜《た》めると
「そうだ……そうです」

と絞り出すような声で言った。

「藤城さん」

「はい？」

「あ、あの……！　私、お伝えしたいことがっ」

――ピンポンパンポン。

『クラゲの館でお楽しみのカップルチケット当選者様へお知らせです。お時間となりましたのでクラゲの館の出口までお越しください』

間宮さんは俺の手をパッと離すと、

「行きましょう！　あとはお土産買わないとですねっ」

と微笑んだ。

◆

「この子は絶対に連れて帰ります」

「間宮さん、流石《さすが》にデカすぎません？」

「でも、目があったから……」

「じゃあ、どっちかにしましょう」

「うぅ……」

間宮さんはお土産店でクジラとイルカのどでかいぬいぐるみを抱えて頬を膨らませている。女児か！

ただ、見た目の破壊力は凄《すさ》まじい。美の暴力。

「間をとってシャチとかいかがですか？」

「シャチさん……」

「シャチってすげー頭いいんすよ。俺、この中だったら一番シャチが好きかもしれない」

「じゃあシャチにします」

間宮さんはシャチのぬいぐるみを抱っこするとレジへ急ぎましょう、と言った。

もう閉館寸前。

色々とあったが楽しい週末ももうおしまいである。

「三島《みしま》部長へのお土産と、あとヒナちゃんにも買って行きましょうか」

「あぁっ、部署でお揃いのストラップとかどうです？」

「どこにつけるんすか」

「ほら、ロッカーの鍵とか！」

「間宮さんが楽しいならそうしましょう」

間宮さんはキラキラのストラップを手に取る。

「あとは、一応この写真使うんで会社のみんなにもお菓子買って行きましょう」

「おせんべいとチョコ……悩みますねぇ」

「間宮さんだったらどっちが嬉しいです？」

「私は辛いものが好きなので〜うーん」

間宮さん、辛いもの好きなんだ……。ギャップ。

「チョコとおせんべいにします」

（どっちもかーい！）

「だめ？」

必殺上目遣い。俺はどっちもカゴに入れた。

たくさんのお土産は俺が持って、ぬいぐるみだけ間宮さんが抱いた状態で間宮さんの家の最寄駅《もよりえき》に到着した。

（流石《さすが》に家の前まで送るのはキモがられるよなぁ、女の子にとって家を特定されるようなもんだし）

「じゃあ、タクシー停《と》めましょうか」

「ここからすぐなのでもう少しお付き合いしてもらっちゃだめですか？」

「いや、でも」

「藤城さん、お願いします」

「わ、わかりました」

駅前の繁華街を抜けて、公園を抜けて、ゆっくりと歩く間宮さんに合わせて俺は歩いた。

ローヒールでも足が痛いだろうに。やっぱりタクシー呼べばよかった。

間宮さんの言葉数の少なさに俺は少し焦《あせ》りを感じる。

少し行ったところのマンションの前で、間宮さんが立ち止まった。

「ここなので……えっとお土産は私が会社に持って行きますね」

「あっ、俺待っているのでぬいぐるみだけ先に部屋に置いてきたらどうっすか？　俺ここで待ってますよ」

流石にすべて一度に持ちきれる量ではなかったので提案する。

間宮さんはじっと俺を見上げると、

「あの、藤城さん」

と少し大きな声で俺の名前を呼んだ。

「は、はいっ？」

つられて俺も声が大きくなる。

「あの、さっき……クラゲの館で私が言いたかったこと……お伝えしたかったことがあって」

「どうか……しました？」

「あの、あの」

まるで告白する前の中学生みたいに言葉を詰まらせた間宮さん。ビリビリと無言の時間が俺の心臓を刺激しているみたいだった。

間宮さんに抱かれているシャチがぎゅうっと縮まるのがわかった。

「私と……その、結婚を前提にお友達になってくれませんかっ？」

ケッコンを前提にオトモダチ？？？？

俺の思考が停止する。待て待て待て。

まず、結婚を前提にってのはお付き合いするパターンでも多分一番本気度が高くて真面目なやつだよな。あぁ、そうだ。

ほんで、告白関係に登場する「オトモダチ」ってのは基本的に恋人にはしたくないけど関係は切りたくないからテイよく断るための言葉だよな。

同時にきたぞ。決して共存するはずのないこの２つの言葉がきた。

（いや、待て。俺は告白なんてされたことないじゃんか。何を通ぶって……ないない。そもそも間宮さんが俺に告白なんて）

間宮さんの顔を見る。

漫画でみる恋するヒロインみたいな、今にも泣き出しそうな表情。

（頑張れ俺、とにかくなんでもいいから言葉を絞り出してこの状況の最適解を探せ）

「お友達……ですか」

多分、一番サイアクな答えだと瞬時に思った。間宮さんはぎゅっと目をつぶると、

「オトモダチ、オトモダチですっ！」

と言った。

そして「今日は楽しかったです！　また、明日会社で！」と言うと俺の持っていたお土産をひったくってマンションの中へと消えて行った。

幕間《まくあい》4

「よく、俺のじいちゃんが言ってたんですよ。ユリーカ！　って。確か、見つけた！　とか心から願っているものを手に入れた！　って時とかに使う言葉っす。海外の言葉なのでニュアンスはわからないけれど……確か昔の学者が研究の答えを見つけた時に叫んだとか、そんなエピソードがあったはず」

藤城《ふじしろ》さんの言葉を聞いて私の中にドッと優しい思い出が蘇《よみがえ》った。

「ママ、ユリカはなんでユリカなの？」
「ママはね、生まれてきたユリカを見たときに思ったの。ママが人生の中で一番欲しかったものはこの子だって。だから、ユリカなのよ」

幼い私は得意げに微笑《ほほえ》むママの言っている意味がわからなかった。だから、きっとママは私の名前をテキトーにつけたんだと思っていた。

（ユリーカ！　って叫び出したいのは私だ）

目の前の藤城さんは私の顔を見て戸惑ったように目を泳がせた。下心のない目はきっと私が泣きそうになっているから心配してくれているのかもしれない。

私はやっぱり間違ってなかった。

藤城さんを誘ってよかった……。私、本当に……本当にこの人と心から一緒にいたいと思ってるんだ。だから、こんなに心臓がドキドキしてるんだと思う。

クラゲのユリーカちゃんに背中を向けて、私はとにかく気持ちを伝えたいと思った。

「藤城さん」

「はい？」

「あ、あの……！　私、お伝えしたいことがっ」

――ピンポンパンポン。

放送が鳴って私は藤城さんの綺麗《きれい》な手を離した。

私はさっきまで繋《つな》いでいた手にぐっと力を入れる。

告白ってどうやってするんだろう⁇

やっぱり大人だし「結婚を前提に」って言った方がいいのかな？　それともオトモダチから始めて……の方がいいのかな。

でも絶対、今日。今日伝えなきゃ！

そうだ、そうよ！　告白はデートの終わり、別《わか》れ際《ぎわ》が多かったはず。ここで恋愛小説を読んでることが役に立つなんて……。よかったぁ。

藤城さんはお土産屋さんで私のわがままに応えてくれたり、親切に駅まで送ってくれて……たぶん、気遣いでタクシーを呼んでくれようともした。

変なの……。私の家を知ろうとする男の人はいっぱいいたのに、藤城さんは申し訳なさそうに私の家の前まで来てくれた。

私は藤城さんの綺麗な手を見る。指が長くて白くて綺麗な手。

情けないなぁ。男の人と手を繋いだのはさっきの藤城さんが初めてで、また繋ぎたいって思ってるけれど……勇気がでない。

ゆっくり歩いても、もう家の前についてしまった。

「ここなので……えっとお土産は私が会社に持って行きますね」

私が藤城さんの持っている袋を持とうとすると、

「あっ、俺待っているのでぬいぐるみだけ先に部屋に置いてきたらどうっすか？　俺ここで待ってますよ」

藤城さんはふにゃりと笑うと私を気遣ってマンションに背を向けた。

なんて……素敵な人なんだろう。


「あの、藤城さん」

今、今伝えなきゃダメだ。

「は、はいっ？」

藤城さんはびっくりしたのかこっちを振り返る。

「あの、さっき……クラゲの館で私が言いたかったこと……お伝えしたかったことがあって」

「どうか……しました？」

「あの、あの」

私の気持ちが伝わる言葉を選ばなきゃ！

でも、あんまり重くなったらいけないってドラマで聞いたことがあるし……

やっぱり始めるならお友達からよね？

でも、お友達からじゃ結婚までは程遠く感じるし、遊びって思われたくない。

「私と……その、結婚を前提にお友達になってくれませんかっ？」


どうしよう。

藤城さんは混乱したように私を見つめている。

このままじゃ、会社でも気まずくなっちゃう！　なんとか、なんとか巻き返さなきゃ！

「お友達……ですか」

藤城さんが言った。

いや……なのかな。

どうしよう、こんなの初めてでどうしていいかわからないっ。

「オトモダチ、オトモダチですっ！」

ダメ、藤城さんの前で私完全に緊張してわけがわかんなくなってる。

真剣さを伝えたくて、それでもちゃんと関係を保ちたくて……ぽけっとした表情の藤城さん。どうしようきっと伝わってない。

「今日は楽しかったです！　また、明日会社で！」

私はいてもたってもいられなくて藤城さんの手からお土産の袋を奪うと急いで部屋へと駆け込んだ。

仕事の心得6　心から楽しめる仕事をすべし！

結婚に理想を抱く男は多い。

たぶん、俺もそのうちの一人なんだと思う。

「ゆうくん、お風呂《ふろ》とご飯どっちにする？」

エプロン姿の間宮《まみや》さんが言った。可愛《かわい》い白のレースで飾られたエプロン、可愛いミニスカートにお揃《そろ》いのスリッパ。

俺が仕事から帰ってくると、玄関で間宮さんが出迎えてくれた。

「私は……お風呂は一緒がいいから……ご飯がいいな？」

間宮さんは、自分で聞いたくせにおねだりするみたいな上目遣いでわがままを言う。俺は思わず間宮さんの可愛さに息を呑《の》む。

「じゃあご飯から……食べようかな」

「その前に……」

間宮さんが俺の首に腕を回し、背伸びをして抱きついてくる。髪の甘い香りと肉じゃがの香り。

「その前に？」

俺の返答に間宮さんはじっと見つめてくる。必殺、上目遣い。距離は激近で。

「おかえりなさいの……ちゅうが……まだです」

長い睫毛《まつげ》がふっと揺れて目を閉じた間宮さんの美しい顔は少しだけ赤くなっている。

近づいてくる小さい唇に俺は……。

寝苦しさに俺は飛び起きてバックバクの心臓を押さえ込むように胸に手を当てた。

「夢……か」

俺は間宮さんのあの顔をかき消すようにタバコを取り出す。

「結婚を前提にお友達になってくれませんかっ？」

間宮さんの言葉がぐるぐる回り、思考回路が停止する。

眠れたと思ってもこれだ。悪夢ではないが……死ぬほどドキドキしてやがる。明日、またもに間宮さんと仕事ができる気が、いや待て、藤城悠介《ふじしろゆうすけ》。俺は大人だ。仕事は仕事、大丈夫。俺はできる。俺はできる子。

◆

「藤城さ～ん！」

朝、結局寝坊してギリギリに出社した俺を待ち受けていたのはニッコニコの間宮さんだった。

昨日のあの出来事はどこへやら……と思ったが間宮さんがぐっと手を拳にしている。緊張しているようだ。

俺も子供じゃないんだ。いくら女性になれていないとは言ってもここは大人にならないと。

「おはようございます」

「藤城さん、三島《みしま》部長の許可が取れました！」

「へっ？　な、なんのですか」

間宮さん、主語、主語。

「あっ、すみません。私ったら。ＳＮＳ企画の件で今から藤城さんに同行してもらう許可ですぅ」

俺は間宮さんを見て思った。

――昨日のあれは「お友達になりましょう」って言いたかったんだな。

いや、結婚って言ってたけど……だめだ。考えるのはやめだ。ありえん、ありえん。

「ふじしろ……さん？」

間宮さんが不安そうに眉を下げる。

「あっ、朝っすよね。大丈夫ですよ。行きましょう」

俺は陰キャの精一杯の笑顔で間宮さんに答える。

「よかった、じゃあ出発ですよ～！」

間宮さんはお財布とスマホを持つとさっさとオフィスを出て行ってしまう。

俺も後に続こうとした時だった。

「藤城くん」

木内《きうち》さんが俺の腕をぐいっと摑《つか》んでいた。

「木内さん？」

いきなりの接触に俺はびっくりする。腕にかかる力は思いの外弱くて、木内さんの指が細いのがわかった。

「どうしたの？」

木内さんが俺の腕を摑んだまま何も言わないので聞き返す。木内さんは何かを言いかけて、ぱっと手を離した。

「む……虫。ついてたよ」

「虫？」

「うん、どっか飛んでったみたい」

それらしい音はしなかったけど……。木内さんは「ほら、行かないと」と俺の肩をポンと押した。

「ありがと」

「うん、朝から撮影？　頑張ってね」

木内さんの顔色が少し悪い気がする。今日は月曜日、残業明けってこともないんだからきっとゲームでもしてたんだろう。

「徹夜でゲームした？」

木内さんは少しびっくりしたように目を見開くと口角をキュッとあげる。

「そ、次も藤城くんに負けないための練習」

「次は俺も負けないし」

「今度は間宮さんも誘ってエンジョイしようよ」

木内さんが優しく言った。俺はガチ勢の木内さんが意外なこと言うんだなと思った。

「きっと、間宮さん喜ぶんじゃないかな」

「うん、ほら藤城くん。外で間宮さん待たせちゃ悪いよ」

「あ、そうだ。じゃあまた」


「間宮さん、お待たせしました」

「いえ、何かあったんですか？」

「あぁ、木内さんと少し話してました」

「今日は藤城さんと二人がよかったから……」

「えっ？」

「ちゃんと聞きたかったんです」

「えっと、それはあの……間宮さん？」

「藤城さん、私のお友達になってくれるんですよね⁉」

ぐいっと俺に一歩近づいて、間宮さんは言った。オフィスビルの前だからいろんな人が俺たちを見ている。

「も、もちろん？」

お友達だもんな！　そう、お友達！

「よかった……」

間宮さんは告白でも終わったみたいなテンションで息を吐くと「行きましょう」と大きく頷《うなず》いた。


俺たちは駅とは反対方向に歩く。

ＳＮＳの企画って言ってたけど、なんだろう？

ぐるるるるるぅぅ。

「え、えへへ～」

歩きながら照れる間宮さん。

もしや今の大きな音はお腹《なか》の音……⁉

「朝、まだなんですか？」

「ご説明がまだでしたねっ……今回の企画のせいなんです。朝活！　お外でゆったり朝ごはん！」

「朝ごはん？」

「はいっ、藤城さん。見てくださいっ」

間宮さんはデデーンと店の前で手を広げた。

「こちらで藤城さんと朝食を食べたいです。というか食べます！」

（あぁ、俺に拒否権はないのね）

「実は、水族館の投稿が少し話題になって取引先の帝都水族館さんからもいい案件がもらえたんですって」

そりゃよかった。確かにめちゃくちゃいい写真が撮れたし、間宮さんの丁寧な文章もよかったもんな。

「フォロワーもあと少しで目標達成です！　なのでちょっと早いですがお祝いに……えへへ～。私の大好きなおにぎりです！」

俺は少しだけ不安になる。

なぜなら……お腹が空いていない。俺は今日、偽物《にせもの》さんの投稿をあげるためにフレンチトーストをがっつり3枚も食ったから。しかも杏《あんず》ジャムとクリーム付きで。

店の中は純和風で畳のいい香りがした。落ち着いた雰囲気でパーテーションがしっかりしているおかげで半個室みたいだ。

仕事で来なければ偽物さんで紹介してたな。なんて思いながらメニューをみる。

「明太《めんたい》おにぎりと、しらすおにぎりと……それからおかか」

間宮さんは今にもよだれを垂らしそうな表情でメニューに食いついている。こういう間宮さんを見ていると水族館帰りの出来事が忘れられそうな気がする。やっぱり、俺みたいな陰キャを好きなわけがない。

「間宮さん、企画っすよ」

「あっ、そ、そうでした」

間宮さんは背筋をピンと伸ばす。

「働く人を応援！　おにぎり朝食セットにします！」

しじみの味噌汁《みそしる》に分厚い玉子焼き、それからおにぎりは2種類選べる形のセットで、このメニューは近辺のオフィスの社員証があれば割引になる。

「俺は焼きおにぎり茶漬けで」

「おおっ、さすが藤城さん！　二日酔いにも優しいメニューを頼むなんて私、思いつきもしなかったです」

いや、単純にお茶漬けなら流し込めるかもしれない作戦です……。

作務衣《さむえ》を着た店員さんが俺たちの注文を聞いて厨房《ちゅうぼう》へ向かった後、間宮さんはスマホをタップすると嬉《うれ》しそうに、

「今朝、久々に偽物さんが投稿してくれたんですっ」

「そ、そうなんすね」

「はいっ、甘々のフレンチトースト。結構な量だしやっぱり彼女さんとか奥さんとかいるのかなぁ……。偽物さん、最近プライベートが忙しいんですって。あぁ、私、もしも会社のSNSで有名になったら偽物さんとお仕事したいなぁ」

まずいぞ……。それはかなりまずい。

三島部長あたりがぽろっとバラす可能性だってあるし、偽物さんが俺だと知ったら間宮さんを落胆させてしまう……！

「偽物さんはそういう仕事しなそうですけどね」

俺の言葉に間宮さんは「はっ」と言って眉間にしわを寄せた。

「もちろん、顔出しとかそういうのは頼みませんよ。でも私、一度偽物さんとやりとりをしてみたいなって。文章から溢《あふ》れ出《で》る優しさは……きっとプライベートも一緒だろうし……尊敬しているから」

オワタ。

俺の気持ちとは裏腹に間宮さんはどんどんと偽物さんを褒め殺す。

「あの繊細で綺麗《きれい》な手から生まれる料理……欲を言えば食べたいなぁ」

お願いだから早く料理よ……届いてくれ。

「藤城さんと偽物さんって似てるなって思うことがあるんです」

「そそそそんなことないと思うけどナ」

俺はとっさに取り繕う。

「いえ、ほら手が綺麗なところとか……」

間宮さんは俺の手を指さした。

「指が長くて清潔感があるのに男性っぽさがあって……あれ？　本当にそっくりですね」

間宮さんは俺の手を凝視しながら唇を尖《とが》らせた。

「いや、まぁそういうこともあるかもっすね、あははは！」

「お待たせしました」

ナイスなタイミングで店員さんが現れたので俺は手を引っ込める。間宮さんの前にはお盆に載ったおにぎり朝食セットが。俺の前には深めの丼に入った焼きおにぎりと熱々の出汁《だし》が入った急須が置かれた。

俺は漆塗りの器に和食の美しさを感じ、心底「偽物さん」としてここに来たかったなぁと思った。おしゃれっぽいのに一人で入っても全然違和感ないし、それでいてさっぱりだし。

「いただきま〜す！」

さっくり撮影を終えた間宮さんがおにぎりにかぶりついた。まるでハムスターだ。

「ふじひろさん、おいひいですよ」

間宮さんはもぐもぐしながら話す。ほっぺたにご飯粒がついていた。

「間宮さん、ほっぺについてますよ」

「はっ……おはずかしい」

間宮さんは真っ赤になるとほっぺについたご飯粒を取って食べた。

「俺もいただきます」

もきゅもきゅとおにぎりを頬張る間宮さんに急《せ》かされて、俺は焼きおにぎりに熱々の出汁をぶっかける。出汁からは魚介の香りがして、焼きおにぎりはほろほろと崩れていく。薬味のネギと海苔《のり》をぱらっとふりかけて木のスプーンをくぐらせた。

「うま」

焼きおにぎりはただの醤油《しょうゆ》味ではなく、ひつまぶしに似た甘ダレで焼き上げられていた。香り高い出汁との相性が最高。

俺、フレンチトーストで腹一杯だったのにこれだったらおかわりいけそう。

「藤城さんと朝ごはんを食べられて嬉しいです」

「っ⁉」

間宮さん、何を言うかと思えば……

「会社だとランチ行くことはあっても朝ごはんはいかないっすもんね、新鮮。新鮮」

俺は冷静を装《よそお》って答えたが間宮さんは、

「藤城さんは……朝はお米派ですか？　それともパン？」

「え？」

「だから、朝ごはんは何派ですか……っ？」

なんだこの同棲《どうせい》前のカップルみたいな……

「まぁ気分によりけりですけど、どうかしましたか？」

「覚えておきますね！」

（なんで‼）

間宮さんはやっぱりあの「結婚」っての本気にしているからこんなこと聞くんだろうか。

それともいつものぽんこつで……いや、考えるのはやめよう。

「は、はい」

「お仕事をしてくれる女性が好きですか……？　それともおしとやかな女性の方が⁇」

「してくれるってか、本人が好きなことをしている方がいいと思いますよ」

俺は無難な答えを選ぶ。

「藤城さんに選んでもらうために私、まずは広報としてがんばらなくちゃ！」

「は、はぁ」

なんとかピンチ？　を切り抜けて、俺は一旦安心する。

嬉しいような、複雑なような……？

やっぱりあの「結婚を前提に」ってのは俺の聞き間違いじゃなかったのかも……。

「藤城さん」

間宮さん、次はどんな質問をしてくるんだろう。

「私、絶対頑張ってみせます！」

「期限まで近いっすもんね」

間宮さんがおにぎりを食べながらコクリと頷いた。

フォロワー数　１９００人

◆

「あと、100人……あと」

ブツブツと念仏を唱えるように声を出しながら、間宮さんはスマホとにらめっこをしている。

オフィスは午後3時。三島部長は団子を買いに外出していた。

「ねぇ、フジくん。ユリちゃん大丈夫なわけ？」

ヒナちゃんが眉をひそめて言った。

多分、大丈夫じゃない。

だって上半期の報告会は明後日《あさって》。フォロワー数は1900人程度で前後しているらしい。

これまで間宮さんは様々なSNS企画（といってもほぼ食い物系）や毎日投稿を頑張って来た。正直、1ヶ月そこらでこれだけフォロワーが集まっているのはかなりすごい。

多分、このままでもいい評価になるんじゃないだろうか？　いや、多分だけど。

「フジくん、フジくん」

気づけばヒナちゃんが俺の席までやってきていた。

「ん？」

「お財布持ってついてきてよ」

「えぇ……」

「もう、いいから早くっ」

ちょっと小声のヒナちゃん。何やら悪巧みしているような顔で俺の袖口を摑《つか》むとグイグイ引っ張る。

「わ、わかったよ！」

俺はヒナちゃんに引っ張られてオフィスを出る。なんか、悪いことしてるみたいで恥ずかしい……！

「ヒナちゃん、仕事に戻らないと」

タクシーを捕まえて乗り込んだヒナちゃん。目指したのは若者の街と呼ばれる数駅先の繁華街だった。

「ユリちゃんに頑張ってほしいんだよね？」

「まぁ、それはそうだけど……」

「だから、応援、してたんでしょ？」

ヒナちゃんはスマホケースにぶら下げた水族館のストラップを俺の目の前に突きつけてくる。

「ヒナも、応援してる。ユリちゃんは、ライバルだけど……でもヒナ、ユリちゃんのことも好きだもん、あの席からいなくなっちゃうのやだ」

「いや、広報として成功してもしなくてもあの席じゃなくなる……よ？」

「へぇっ？　マジ？」

「マジ」

「なんでよっ」

「いや、あの席は一応？　エンジニアチームの席だし……今は協力するからって仮置きで隣にいるだけだからさ」

「じゃあ、成功しても失敗してもユリちゃん遠くなっちゃうの？」

「まあ、そういうことだと思う」

「えぇ～、あ、ここで止めてください」

ヒナちゃんは残念そうに眉を下げながらもタクシーを降りる。

俺は電子マネーで支払って、領収書をもらい、先に降りたヒナちゃんを追いかける。

陽キャの街、学生の時に通り過ぎた以来だけどやっぱ慣れねぇな。落ち着かない。一方でヒナちゃんはかなり溶け込んでいる。間宮さんを見慣れているからあまり気にならなかったけど、ヒナちゃんもかなりの美人さんなんだなと思った。

「フジくんはユリちゃんのこと好き？」

ヒナちゃんは俺の横に並ぶと不思議そうに言った。

「間宮さんは先輩で……その好きとかそういうのじゃ……」

「そっか、じゃあヒナにもチャンスあるかなぁ～」

くるくると回ってヒナちゃんはにっこり笑う。なんのチャンスなんだ全く。

ヒナちゃんは時々よくわからないことを言う。まぁ、女子高生ってそんなもんだよな。

「でもね～、ヒナはユリちゃんも好きだから元気付けてあげたいんだよね。ほら、敵に塩を送る？　的な？」

言っていることがめちゃくちゃな気もするが、ヒナちゃんは行列に並ぶと、

「ユリちゃん、絶対好きだよ～」

「タピオカ！」

とテンション高め。

「ちゅるっちゅるのモッチモチでヒナ好きなんだ～」

「そ、そっか」

「フジくん初めてでしょ～」

「まぁ、そうだね」

　実は偽物さんで黒糖タピオカを自作したんで初めてではない。けど、初めてってことにしておこう。

　タピオカを買ってオフィスに戻った俺たちは、まだブツブツ言っていた間宮さんに声をかけた。

「ユリちゃん、休憩ですよ～」

「えっ、でもヒナちゃん私お仕事がっ」

「だって今日、ユリちゃんランチもしてないじゃん」

「でも今日追い込まないと……」

「でもでもだってのユリちゃん、キョーセーレンコーしまーす！」

　ヒナちゃんは間宮さんの背中をぐいぐいと押してリラクゼーションスペースへと強制連

行する。

「ほらっ、フジくんもだよ」

「お、俺も⁉」

「あったりまえでしょ！」

ヒナちゃんに言われて、俺はタピオカを持って間宮さんたちと一緒に座ることにした。

「ユリちゃん、タピオカ飲んだことある？」

「タピオカ？」

「結構前に流行《はや》ってたやつ」

間宮さん、タピオカ飲んだことないのか……。俺が大学生の時に流行ってたから、間宮さんが大学生の時全盛期だったはずだ。

今までただの天然と思ってたけど……間宮さんって本当に「お友達がいない」んじゃないか。

結婚を前提って言葉は一旦忘れるとして、間宮さんは「お友達」も欲しかったからあんな風に言ったんじゃないか。

俺は「顔が可愛《かわい》い」という偏見で間宮さんは陽キャでリア充だと思い込んでいたけど……そうじゃないのかも。

「間宮さん、よかったらスコーン食べますか」

と声をかけてくれたのは別のテーブルで一人ランチをしていた木内さんだった。タピオカミルクティーにスコーンが間宮さんの前に出揃《でそろ》う。

間宮さんはゴクリと喉を動かすと言った。

「き、木内さん……ううっありがとうございます」

「今日、社内に間宮さんの元気な声がしなかったから心配してたんです」

木内さんは落ち込んでいる間宮さんの肩をさすると、

「何かあったんですか」と言った。いや、木内さん、入社2ヶ月とは思えない包容力である。

「あと100人なんです。あと2日で……」

ヒナちゃんがちゅるちゅるとタピオカをすすってはもきゅもきゅと唇を動かす。間宮さんも同じようにタピオカをすすった。

危機感のある会話のはずなのにタピオカのせいで危機感がなくなっておかしな雰囲気だ。

「藤城くん、何かいい方法ないかな」

木内さんは真剣に会社のSNSを眺めながら言った。

「会社紹介、映える場所の写真、ご飯の写真……他にいいのはあるかな」

木内さんは真剣な表情で俺を見つめてくる。木内さん、髪を切ったんだろうか、長い黒髪はセミロングになっていた。

「他に……か。例えばだけど……社内ブログとかでカメグラに誘導してもいいんじゃないかと思う」

俺の言葉に、

「有名な人がオススメしてくれるとか、そういう奇跡が起きるってことがあれば……10人くらいすぐに行くかも」

木内さんが小さく言った。あぁ……なるほど。偽物さんのアカウントで？

木内さんの視線で察してはいたが……

「ただ、インフルエンサーにお願いするのはリスクが高いかもしれないと思う」

とNOで答えを返す。

俺は間宮さんを助けたい。

でも、偽物さんが俺だとバレてしまう要素を極力減らしたい。俺は最低かもしれないけどやっぱり間宮さんを幻滅させたくない、このままの関係でいたい。だから何か、他に方法はないか。

「藤城さん、木内さん、ヒナちゃん。何かいい方法はないですかね……」

タピオカで糖分をチャージした間宮さんは思考回路が復活したようだった。

「それらしいことは全部、やってますからね……」

俺の答えに木内さんが付け足す。

「これだけ短い期間で1900人もフォロワーを集められるのはすごいと思います。あと100人、明後日《あさって》には難しいけれど1週間以内には集まるんじゃないですかね。私、十分な成果だと思うし広報は間宮さんしかいないと思います」

木内さんナイスフォロー。

でも間宮さんはシュンと眉を下げた。

「みんなに手伝ってもらって目標が達成できなかったのに言い訳するのは悲しいです」

木内さんと俺はどうしようと顔を見合わせる。

「なんかさ、お写真は綺麗《きれい》なのになんか……変」

と言ったのはヒナちゃんだった。ヒナちゃんはスマホの画面をスワイプしながらチュルチュルとタピオカをすすった。

「ヒナちゃ……」

俺がヒナちゃんを止めようとしたのを間宮さんが止めた。口を塞がれて俺は小さく頷《うなず》いて黙る。

「ヒナ、ユリちゃんの可愛いところとかちょっとお子ちゃまなところとか大好き。でも、この投稿はユリちゃんじゃなくてもできる投稿じゃん」

ヒナちゃんは木内さんを指差す。

「このソームのお姉さんだったら丁寧でかたっ苦しい文章になる」

木内さんが「木内です」と答える。ヒナちゃんはそのまま続ける。

「ヒナだったら若いっぽい文章になる。ぶちょーだったらおじいちゃんっぽい文章になる。フジくんだったらきっとフジくんっぽい文章になる」

（いや俺だけ雑かよ）

「でも、ユリちゃんのこの文章はユリちゃんらしくない、機械が書いたみたい」

間宮さんは俯《うつむ》いてしまう。

俺は水族館で、間宮さんが間宮さん自身を「空っぽの弁当」と喩《たと》えたのを思い出した。だからきっと、今のヒナちゃんの言葉に間宮さんは傷ついてしまったんじゃないか。

「ヒナちゃん」

俺がヒナちゃんに注意しようとした時、俺はヒナちゃんの顔を見て言葉を失う。

「ヒナ……ユリちゃんが広報やめちゃうのやだもん、ヒナ頑張ってるの知ってるもん！」

えーんと子供みたいに泣き出したヒナちゃん。慌てたのは俺と木内さん、間宮さんは何

かを思い出したようにボウッとスマホを見つめていた。

「藤城くん、私雪村《ゆきむら》さんを落ち着かせてくるね」

木内さんはヒナちゃんを優しくエスコートするとリラクゼーションルームから出ていった。

俺と残された間宮さん。

「藤城さん、私……わかりました」

「間宮さん、俺はそんな風に思ってないっすよ？」

「いいんです、私が思ったんです」

間宮さんは水族館の写真をスマホで表示すると俺に渡してきた。

「覚えてますか？　このアザラシさん見た時すごく可愛くて楽しかったですよね」

「そうっすねぇ、デブちんって間宮さん言ってましたっけ」

「はいっ、確かにこの写真のアザラシさんは可愛いけれど、私がこのアザラシさんを見てどう思ったかはわからないです」


【帝都水族館入口すぐではアザラシさんたちがお出迎え！】

「偽物さんみたいになりたいって言ったのに私、何もできてなかったですね。結局、写真の良さとかおしゃれさでフォロワー集めてたんです」

間宮さんはスコーンを俺に押し付けて、そして思い立ったように言った。

「今日、藤城さんの家にお邪魔しても良いでしょうか……」

――どこをどうやったらその言葉に至る思考が出てくるんだ……

「ですから、今日は定時ぴったりに帰りましょう！」

間宮さんは時計を指差した。定時まで残り５分。

「ま、間宮さん？」

「ねっ？」

「ア、ハイ」

俺は若干圧の強い間宮さんに賛成するしかなかった。

◆

「えっと……間宮さん？」

「あの……こっ、これはお友達として……その一緒にご飯を食べたりしたいなって。思ってまして……」

間宮さんは俺の部屋の前で言った。

どんなに断ってもついてくると言って聞かない間宮さんを無下にできなかったが……

――まずいぞ……

「すみません、5分待ってもらえますか」

「お片づけですか？」

間宮さんがきょとんとする。

（えっと、撮影セットをクローゼットに押し込んで、そんで偽物さんで写した家具を寝室に押し込むだろ……）

俺は間宮さんの可愛い顔を見ているふりをして必死で頭脳を回転させる。

「はいっ、じゃあそうだな……私お買い物行ってきます！」

間宮さんは何を思ったのかバッグから財布を取り出し、俺に財布以外を押し付けてきた。

「えっと……何を買うんです？」

「へっ？　食べたいものの材料を……買いに行こうかなって」

「出前とかじゃなくですか？」

「ええ……私、藤城さんの手料理が食べたいです。料理が趣味って言ってたので親睦も兼ねて一緒にお料理できたらなと思ってたんですが……」

（強引すぎるだろ……）

間宮さんは人差し指を突き合わせてもじもじする。

間宮さん、仕事がつまりすぎて考えがおかしくなっているのかもしれない。いや、そうじゃなくて俺が男として認められてないとか？　まぁそれはいいとして……

「ま、間宮さん。俺一人暮らしですし、それに二人っきりで部屋にいるのはあんましよくないかと……」

間宮さんがむくれっつらになる。

「私、藤城さんのお家《うち》だから来たんですよ」

「いや、そういう意味ではなくって」

「そういう意味ってなんですかぁ」

間宮さんは駄々っ子のように口を尖《とが》らせた。

「ほ、ほら変な勘ぐりとかされたら大変ですし！」

俺は必死で部屋に入れまいと抵抗する。

「もしかして……本当はカノジョさんがいるんですか？　そうなんですかっ？」

間宮さんがぐっと俺に近寄ってくる。これ、ご近所さんから見たらカップルの痴話喧嘩《ちわげんか》じゃねぇか……早くケリつけないと……。

「いや、その俺カノジョとかいませんし……それに部屋に女性を入れたことなんてないんでほら、慣れてないので外食にしましょ？　ね？」

間宮さんは一瞬だけ目を泳がせて、

「私だって……男性の部屋に入るのなんかはじめてだもん」

と消え入りそうな声で言った。その瞬間俺の思考がストップ。

間宮さんが俺を見て首を傾《かし》げた。可愛《かわい》い。いや、そうじゃなくて。

最近少し思っていたことが少しだけ、核心に近づいた気がしたのだ。俺は目の前にいる超絶美女から目をそらした。

──間宮さんはもしや……恋愛経験ゼロなんじゃゃ⁇

「とっ、とにかく、お買い物行って来ますので！」

間宮さんは俺にバッグを押し付けるとマンションの階段を降りて行った。


俺は間宮さんが帰ってくるまでマッハのスピードで部屋を片付ける。というか元々片付いているけど偽物さんと紐《ひも》づくものは全部寝室（本当にやばいものは寝室のクローゼット）に入れ込む。
おしゃれなアンティークや偽物さんで載せたカメグラ用の装飾ランチョンマットとか、そういうの一切合切。

とにかく、間宮さんが偽物さんの大ファンだから彼女の幻想を壊してしまわないように……。


ひとしきり部屋を片付けたところで俺は冷蔵庫をチェック。見事、何もない。そういえば冷蔵庫の残り物ポトフとレシピ出すのに色々使ったんだっけ。

ってか間宮さん、いったいスーパーで何買ってくるんだろう。今までのポンコツ具合からして心配だ。っていうか、暗くなっているのに間宮さん一人で出歩かせるなんて俺、男失格じゃんか。

俺は焦《あせ》って財布とスマホをポケットに突っ込むと最寄りのスーパーまで早足で向かった。

スーパーまでの道のりで間宮さんを発見して俺は声をかけた。

「あっ、藤城さん」

間宮さんは両手にパンパンにつまったレジ袋を持っていた。

（いったい何を作るつもりなんだこの人は……）

「すみません、あとで半分払いますんで……」

「いえいえ、私が勝手に買ったので大丈夫です！　けど……少し持ってくださいー」

間宮さんは俺にレジ袋を渡してくる。

「な、何買ったんすか」

俺が非力だからかもしれないが、腕がちぎれそうなくらい重い。

「材料……ですけど……」

「材料とは……？」

「あぁ、もう私ったら。ハンバーグの材料です」

俺、宇宙と交信レベルで頭がぽっかり真っ白になった。「ハンバーグ」と嬉《うれ》しそうにぴょこぴょこする間宮さんを見ながらぐっとこらえる。

二人分のハンバーグなんて合挽《あいび》き２００グラムと野菜、パン粉、卵くらいでどうにかなるぞ……。

「ふふふ、私ハンバーグ大好きなんです」

「よく作ったりするんですか？」

俺の質問に間宮さんは恥ずかしそうに俯いた。

「私、料理は全然できなくって」

「そうなんですか？」

「はい、小さい頃からあんまり手料理を食べる機会はなかったので……その」

やべぇ、なんか地雷踏んだかもしれねぇ。

間宮さんは家庭環境が複雑なのかも……。どうにかしてこの雰囲気を打開しないといけないな。

俺は必死に絞り出して、水族館で間宮さんが作ってくれたお弁当のことを思い出した。

「でも間宮さんが作ってくださったお弁当、すごく美味《おい》しかったっすよ。きっと料理の才能あると思います……ってなんか俺、偉そうでしたね」

恥ずかしくて後頭部を掻《か》きたいのに両手のクソ重い荷物のせいで手は動かせない。

「藤城さん……私、藤城さんのこと本当に尊敬してます」

間宮さんは真っ赤な顔で言った。

「さ、早く帰ってハンバーグ作りましょう」


「お邪魔します！」

間宮さんをソファーで待機させて、俺は間宮さんからレシートを徴収。半ば押し付けるようにお金を間宮さんに渡した。

「いいんですよぉ、私が無理に誘ったんですし……」

「にしたって1万円もあのスーパーで買うの逆にすごいっすよ」

「やっぱりお肉はいいものがいいのかなぁって」

間宮さんがそう言った時、俺はちょうどレジ袋の中から大きな塊を取り出した。

――これは……

俺は手に取った肉を見る。

「牛ブロック」

高い肉っていうかでかい肉だ。

「ま、間宮さん？」

「はい？　もしかして私、何か間違ってましたか？」

キッチンにいる俺の方に駆け寄ってきてうるうる上目遣いで見てくる間宮さんに「ハンバーグはひき肉でしょ」なんて冷たいことは言えない……言えない。

「えっと、まずはこれをミンチにしないといけないっすね」

間宮さんはぽっと赤くなる。気が付いたか。

「あぁ、私ったら……すみません。ミンチ肉もあったのに間違えてしまいました」

「大丈夫です、うち肉挽《ひ》き機あるんで……」

　これはまだ偽物アカウントで出していないからセーフのはず。クラシックな肉挽き機で、自分の好きな比率で合挽き肉を作ったりする。ちなみにこれは親父《おやじ》のお古だ。

「ごめんなさい、私のせいで……」

　間宮さんはぺこりと頭を下げる。

「いえいえ、間宮さんが塊のお肉を買ってきてくださったんで、ちょっと贅沢《ぜいたく》なハンバーグが作れますよ」

「へぇっ？　贅沢ですか？」

「はい、がっつり感はでますけど……間宮さん、お腹《なか》空いてますか」

　なんだろう、部屋に入ったらちょっと大人な雰囲気になっちゃうかもとか思ったが全くならない。間宮さんが純粋だから？　俺が純粋だから？　まぁ理由はわからないけどこの雰囲気に俺は救われていた。

「お腹すきました～、私も手伝います！」

　――それはまずい。

　キッチンはすれ違うことはできないくらいの細さだから二人で料理するにはちょっと不便だし、こうなると間宮さんの体にどっかしらが触れてしまう可能性も高い。

「ま、間宮さんは座って待っててくださいね」

俺がそう言っても間宮さんはひかない。キッチンにズイズイと入ってくると「サラダ！これなら作れますよ！」

と目をキラキラさせている。

「ほ、ほら洋服汚れちゃうといけないので座って待っててくださいね」

「確かに……」

間宮さんは薄ピンク色のブラウスを眺めながら言った。

「ね？」

俺は間宮さんをキッチンから追い出して安堵《あんど》する。

「藤城さん……！」

間宮さん、そうか退屈だよな。ってその前にお茶くらい出さないと……。と俺は間宮さんがいるリビングの方へと視線を向ける。

「あの……大変恐縮なのですがエプロンとかあったりします⁇」

（そっちかー）

俺は間宮さんがこうなったら一歩もひかないことを知っている。

「ちょっと待っててくださいね」

「すみません」

（絶対すみませんって思ってないだろこの人）

俺はため息をつかないように配慮しながら寝室へと向かう。洗い立てのスウェット（上）を取ってキッチンへと戻る。

「これ洗い立てなんで……汚くないんでよければ……」

「ありがとうございます！」

間宮さんは俺のスウェットを抱きしめるとぱたぱたと洗面所の方へと向かった。しばらくして間宮さんはダボダボの灰色スウェット姿で戻ってきた。

彼シャツ……ではないけれどなんかすごく……可愛い。

「さっ、お料理ですよ！　藤城さん！」

間宮さんがやる気まんまんで腕まくりをするとガッツポーズをした。

間宮さんはシーザーサラダ担当、俺はハンバーグ担当。

俺が米を研いでいる間に間宮さんがサラダに使う野菜を切ったり、ベーコンを炒《いた》めたりしている。

手際《てぎわ》は死ぬほど悪いけど、間宮さんは頑張っていた。ベーコンの脂が跳ねるたび、びっくりする猫みたいな反応で間宮さんも飛び跳ねる。

ベーコンを炒め終わって間宮さんがこっちを見つめてくる。

「あぁ、フライパン。洗うんでこっちにください」

俺は泡だらけの手をすすいでから間宮さんの方へ手を伸ばした。油汚れはあったかいうちに洗うとフライパンも傷まないしすぐに落ちるのだ。

何を思ったか間宮さんは俺の方へ寄ってくる。

「藤城さん、袖が」

「はい?」

間宮さんの袖はきゅっとヘアゴムでくくられているので問題ない。どうしたんだろう?

「袖、濡《ぬ》れちゃいますよ」

「あぁ」

俺は一旦手を止めてエプロンでさっと水を拭くとぐりぐりと腕まくりをする。間宮さんは何を考えているのかそれを微笑《ほほえ》みながら眺めていた。

「楽しいですか……?」

「はいっ、藤城さんの腕って意外に男らしいんですねぇ」

「あはは〜、一応これでも男の子なんでねぇ」

間宮さんに悪気がないのはわかっているがちょっとショック。なよなよもやし感は自覚してるが、な。

「あれ……藤城さんの腕って細いのに少し筋張っていてなんだか綺麗《きれい》ですね」

間宮さんが手を止めてじっと俺の腕を見つめてくる。

「なんか……見たことあるような？」

「へ、へぇ？　こ、この前半袖着てたからじゃないかなぁ？」

俺は必死ではぐらかすが間宮さんは口を尖《とが》らせて不思議そうに俺を見上げてくる。

俺は……というか偽物さんの売りである「綺麗な手」を維持するために結構ケアには気を遣っている。なんなら脱毛してるくらいだ。

「間宮さん、早く作りましょ」

「あっ、そうですね。失礼しました」

と言って間宮さんはゴシゴシと目をこすった。さっきまで玉ねぎを切っていた手で……。

「まみやさっ」

「い、いたぁ～～いっ！」

「あぁ、ティッシュ持ってきます！」

「え～ん、藤城さん～、お助け～」

（そこは助けてだろ）

と心の中で冷静なツッコミも入れながら俺はぎゅっと目をつぶった間宮さんにティッシュを手渡した。

〜数分後〜

「この子たちひき肉にしないんですか？」

まな板の端に寄せていた小さく切り分けた肉を間宮さんが指さした。間宮さんはさっきの玉ねぎ事件のせいで目が少し赤くて潤んでいる。

もちろん、ひき肉にし忘れたわけじゃあない。

「こいつらが重要なんすよ」

間宮さんは不思議そうに肉を眺めた。

「じゃあ、残りは企業秘密なんで間宮さんはサラダ持ってリビングで待っててくださいね」

「ぐぬぬ」

悔しそうな間宮さんを今度こそキッチンから追い出して俺はハンバーグ製作に集中する。

間宮さんは諦めたのかサラダを運ぶと、テーブルでPCを開いて仕事の続きをしているようだった。

ハンバーグの下準備を終えてあとは焼くだけになったころ、間宮さんがキッチンへ顔を出した。

「藤城さん、聞いてもいいですか」

「はい、いいっすけど……」

——ジュワァァァ
肉が焼ける音に間宮さんがじゅるりとご飯前の犬みたいな表情をする。ハンバーグの様子を見ながら俺はソースの準備も進めていく。

「藤城さん、この箸置きなんですけど……」

俺は一気に内臓がひんやりした感覚に襲われた。まずい……。あの箸置きは神楽坂《かぐらざか》で買った超可愛《かわい》い猫のアンティーク箸置き。

偽物さんで紹介済み……。

「偽物さんも紹介してて……いいなぁ、可愛いなぁ。藤城さんも偽物さんのファンなんですかっ？」

「ははは、じ、実はそうなんです」

とんでもない棒読みで返すが間宮さんはにっこり。

「可愛いですねぇ、いいなぁ。今度、買いに行きませんかっ？」

「ああ、あああぁあのお店、いろんな雑貨が置いてあったのでオススメですよ」

「そうなんですかっ」

間宮さんはさらに目を輝かせる。

「あ、あはは～、そうっすよ～」

俺の棒読みにも拍車がかかる。

「じゃあ、フォロワー数を達成したらご褒美《ほうび》で行きましょう！」

俺はなんとか危機を乗り越えてハンバーグをひっくり返す。蓋をして火を弱くする。肉の焼ける香りで流石《さすが》の俺もお腹がなりそうだった。

いや、今また誘われたような……？

俺は気のせいだと思うことにしてソース作りに集中する。間宮さんが買ってきたトマトジュースとトマト缶にめんつゆを入れてソースを作る。

間宮さんがにっこりと微笑むと、

「楽しみにしてますねぇ」

と言って戻っていく。俺は胸をなでおろし、ハンバーグの様子を見る。

もう良さそうだ。あとはソースと和《あ》えて、それから付け合わせのキノコ炒めとブロッコリー、それから間宮さんが謎に買ってきたオクラと豆腐。

そして漬物はなぜかピンク色のシバ漬け。そしてシソ。

あー、シーザーサラダだけ浮いちゃうな。でも、間宮さんはシーザーサラダが好きだって言ってたし……いいか。写真撮るわけでもないし。

「わぁぁ……きれぇ……」

間宮さんはハンバーグ……ではなく小鉢の方を見て目を輝かせた。ピンク色でふわふわの中に浮かぶ鮮やかな緑色の星。

「間宮さんの買い物チョイスのおかげですよ」

「これはなんですか……？」

「オクラとシバ漬けの白和《しらあ》えです」

シバ漬けは綺麗なピンク色で、みじん切りにして白和えに加えると味付けの代わりになるだけでなく綺麗な桜色になる。オクラは軽く湯通《どお》しすると鮮やかな緑色になり、輪切りにすれば星の形で可愛いしうまい。

まぁそれはいいとして……

俺は間宮さんと俺の茶碗《ちゃわん》を見て思う。

俺は小ぶりのお茶碗に少し、間宮さんはどんぶりいっぱいのご飯。普通逆だろこれ。まぁ、いっか。間宮さんらしい。

「いっただきます！」

間宮さんはハンバーグに箸を入れる。今日は和風のトマトハンバーグだ。じゅわっと肉汁が溢《あふ》れるのはブロック肉をひき肉にするときに牛脂を入れておいたからだ。カロリーは高くなるけど抜群にうまい。

「んぅっ？」

間宮さんがハンバーグを口に入れて目を丸くした。

「お肉……おいひいです」

間宮さんが白飯をぱくっと口に入れて幸せそうに目を細める。

「ひき肉だけじゃなくってゴロゴロお肉があって最高でふ」

和風ハンバーグはさっぱりしがちだから肉感を残すと最高に食べ応えが良くなる。親父《おやじ》からの受け売りだけど目の前でこうして食べてくれる人がいるのは幸せだ。

「間宮さんが作ってくださったシーザーサラダもうまいっすね」

「えへへ、シーザーサラダガチ勢ですから！」

カリカリのベーコンに粉チーズ、さらにはクルトンまで。俺ならドレッシングも手作りする……と言いたいところだがここは我慢。

「偽物さんのシーザーサラダレシピです。えっと三年くらい前かなぁ」

いや、間宮さんの記憶力……！　それだけ偽物さんが好きなんだな。嬉《うれ》しいような恥ずかしいような。

「藤城さん、私頑張れそうです！」

「そ、そうっすか」

間宮さんは口いっぱいにご飯を頬張ると最高の笑顔で俺に答えた。

「私、絶対にフォロワー達成してみせます。だから……見ててください」

いつも以上に力強い目線。

「食べ終わったらタクシー、呼びますね」

俺の言葉に間宮さんは頷《うなず》くと恥ずかしそうに、

「藤城さん……おかわりもらってもいいでしょうか……」

もうどんぶりいっぱいのご飯は空っぽ。可愛らしく差し出されたどんぶりを俺は受け取って間宮さんのおかわりを取りに向かった。

◆

夜風に当たりながらタバコを吸って、俺は偽物さんの投稿を終える。ポチッとタップするだけで数十万人に情報が配信される。

撮り溜《だ》めしていた写真があってよかった。以前寄った、カフェでの写真だ。あのカフェのコーヒーうまかったな。

その数十万人は偽物さんに「理想の姿」を描く。イケメンで優しくて料理が上手できっとリア充なキラキラ男子だろうか。

中身の俺はこんななのになぁ。

俺は会社のＳＮＳ、水族館の写真にライクを押すかどうかを迷っていた。俺が偽物さんアカウントでこの写真にライクを押せばフォロワー数十万人に「おすすめ」としてランダムピックアップされる。１００人くらいはフォローする人がいるだろう。

「藤城さん！　サメさんですよ！」

「藤城さん、こいつ……お魚たべちゃいましたよ！」

「藤城さん！」

間宮さんの頑張りを応援したい。

間宮さんが楽しそうに広報をしているのを隣で見ていたから、その仕事を守ってあげたいと思った。

でも、俺がライクを押せないのは、押してしまえば簡単にかなってしまうと思ったからだ。

間宮さんは外見のせいで誰かに助けられてばかりで、自分の力がつかなかったと話していた。

俺がやろうとしていることはまさにそれだ。間宮さんは挫折を経験するべきなんだろうか？　外見が良すぎることで中身が追いつかないことを間宮さんは嘆いていたから。俺が手を差し伸べてしまったら間宮さんはまた自信を失ってしまうのではないか。

――なんだ、俺と同じじゃんか

俺は偽物さんのカメグラを閉じる。

間宮さんを信じよう。

俺ができるのは偽物さんとして間宮さんを助けることじゃなくて、もしもフォロワー目標が達成できなかった時にどうやって間宮さんのやりたい仕事ができるようになるか一緒に考えることだ。

ヒナちゃんのように泣いて素直に話せないかもしれないけれど、間宮さんの頑張りを一番知っているのは俺だ。だからきっと何か……

――ぽんっ

通知音がなる。

社内チャットのアプリだ。

「間宮さんだ」

【藤城さん、遅くにごめんなさい。今日木内さんが言っていた社内ブログとカメグラ、更新してみました！　ちょっと恥ずかしいけれど読んでほしいです！　これ、もしかしたら

広報として最後のお仕事になっちゃうかもしれないから】
【わかりました】

俺は間宮さんに返信すると会社のカメグラを開いた。

『私が顔を出さない広報をはじめた理由』

カメグラには社内ブログに飛ぶリンクが貼られていた。カメグラにURLを貼って社内ブログに客を呼び込むパターンか。
フォロワーが増えるのか否《いな》かは別として、長い文章はカメグラ向きではないからいい選択肢だなと思う。

最初は間宮さんが広報に対して感じていたことが書かれている。飾らない文章で間宮さんの不安や気持ちが書かれていた。
間宮さん、普段は言い間違いや言葉の使い方が間違っているなと思うことがあるが、すごく読みやすくてしっかりした文章だった。

俺と一緒に仕事をする前の間宮さんはいつもニコニコで、アイドルみたいに輝いていたのに、こんな不安を感じてたんだと俺は驚いた。

『でも、尊敬する人に出会った』

俺はぐっと心臓でも摑《つか》まれたように胸が痛くなる。なぜなら俺の名前が書いてあったからだ。

藤城悠介ではなく「Fさん」として。

『顔を出さずに頑張ってみたいという広報としては異例の希望も、Fさんは受け入れてくれました』

『Fさんは私が会社に入って初めて、偏見で仕事を決めずに、私の希望を聞いてくれました。そしてそれを実現するために提案をしてくれた。だから私はこの人のために期待に応えようって思ったんです』

そこからは俺が間宮さんと話したいろんなエピソードが丁寧に描かれていた。SNSに関する知識や、写真の撮り方、水族館での出来事や朝活の企画で美味《おい》しいおにぎりに出会った話……。

間宮さんの文章は華やかで楽しそうで、間宮さんがこの思い出を大切に思ってくれているのが十分に伝わってくる。

多分、ヒナちゃんに指摘されて意識したんだろう。読みやすい文章とかお手本のブログとかじゃなくて、間宮さん自身の気持ちを文章に落とし込むこと。

『女性とか男性とか先輩とか後輩とかじゃなく、私……間宮ユリカを一人の人間として見てくれたFさんと一緒に仕事がしたい。頑張りたい』

俺もこの記事を読んで、自分が間宮さんを見た目から勝手に想像した型にはめて見てしまっていたと恥ずかしくなった。

間宮さんは「超美人で会社のアイドルで人気者、大学ではミスコン優勝」だからリア充で彼氏もいて俺みたいな隠キャなんか目もくれてない。むしろ、俺みたいなのが一緒に仕事をするのは迷惑、キモい！　って思ってるんじゃないかってずっと俺は考えていた。

でもそれは俺の勝手な想像に過ぎなかったのだ。

間宮さんは天然でも俺の勘違いでもなくきっと、本当に俺と「仲良く」なろうと努力してくれていたんだ。

仕事とか、プライベートとかそんなの関係なく俺と「お友達」になりたいって思ってくれていたんだ。


俺は社内ブログを閉じた。

そしてカメグラを開く。

間宮さんが喜ぶとか喜ばないとかじゃない。俺が今、どうやって彼女に協力したいかが大事なんだ。

偽物さんのアカウントで会社のＳＮＳ、間宮さんの最新の投稿にライクを押した。

そしてすぐスマホをスリープさせる。

仕事の心得7　しっかり打ち上げすべし！

「かんぱーい‼」

俺、間宮《まみや》さん、三島《みしま》部長、それからオレンジジュースのヒナちゃん。個室のなかなかいいレストランで乾杯した。

「いや〜、まさかたった1日で社長が出した目標を大きく上回っちゃうなんてさすが、間宮くんだねぇ」

「いえいえ、藤城《ふじしろ》さんとヒナちゃん、そして今日は来られなかったけど木内《きうち》さんのおかげです」

「木内くんがかい？」

「はいっ、社内ブログはどうかって提案してくれたのは木内さんだったので……」

「間宮くんのその明るいところが素敵な人脈を作ったんだねぇ」

三島部長がうんうんと優しく首を縦に振る。

「ヒナちゃんが私のダメなところを教えてくれて、木内さんがヒントをくれて……そして藤城さんが私をここまで連れてきてくれたんです」

間宮さんはワインをテーブルに置くと真っ赤な顔で言った。

「藤城さん、本当にありがとうございます」

「俺はなんもしてないっすよ、それに……間宮さんの頑張りが認められたんだと思いますよ」

偽物《にせもの》さん……のライクがきっかけになったのかはわからないが、間宮さんの投稿はちょいバズった。赤裸々に語られた仕事や働く女性の気持ちが多くの社会人に刺さったのだ。

最後まで間宮さんは顔を出さずにいっぱしの広報になった。

つまり、間宮さんは「顔」だけがいいんじゃない。中身も含めて間宮さんなのだ。

「実は……偽物さんもライクしてくれていたんです」

（バレてたか！）

「そりゃ、あの有名グラドルがライクしてるんだからたくさんの有名人がライクしてますよ」

そう、実は海外大学出身の秀才でグラビアアイドルとしても活躍しているＹｕｋｉが間宮さんの投稿を紹介したのだ。Ｙｕｋｉは間宮さんと同じように「外見で判断されること」に悩んでいたらしく、間宮さんの投稿を見て感動したらしい。

「ＳＮＳってすごいです」

間宮さんはスマホをぎゅっと抱きしめると、

「だって、有名な人も大好きな人も……平等に見てもらえる可能性があるってことですもん」

「確かに、それはそうっすね」

Ｙｕｋｉが偶然、間宮さんの投稿を見つけたのは奇跡だったのかもしれない。ということにしておきたいけど、Ｙｕｋｉは以前から偽物さんのアカウントをフォローしていたから、俺のライクがきっかけでこの投稿にたどり着いた可能性が高い。

「ヒナも頑張ったもん」

ヒナちゃんがぷくっと頰を膨らませる。

「ありがとう、ヒナちゃん」

間宮さんがヒナちゃんの頭をなでなで。ヒナちゃんは俺の方を向くと、

「フジくんも！」

と要求。

「あっ、ダメですよ！　セクハラになっちゃいますからね～」

ナイス！　間宮さん。

「おっ、それに雪村《ゆきむら》くん。そろそろ親御さんが迎えに来る時間だよ」

三島部長が時計を見て言った。午後8時。今日の祝勝会に参加すべく、ヒナちゃんは親御さんを説得したらしいのだ。その代わり、迎えに来る……とか。

「俺、店の外まで送っていきますよ」

「頼んだよ」

「ヒナちゃん、行こっか」

「う、うん。じゃあユリちゃん。ぶちょう……また来週」

ぺこり、とヒナちゃんが頭を下げる。個室を出て、店の入り口でヒナちゃんが言った。

「ヒナも……ユリちゃんみたいに頑張ったんだよ。今は教えられないけど、すごく頑張った」

なんのことだろう？

「何を頑張ってくれた？　友達に紹介してくれたとか……？」

「内緒……だよ？」

「うん」

「教えたらなでなでしてくれる？」

「善処する……！」

「Ｙｕｋｉはね、ヒナのね……」

プップー！　と大きなクラクションの音。

「ごめんっ、お迎えだっ」

ヒナちゃんは俺からさっと離れるとクラクションの音がした方へ走っていく。真っ白なロールスロイス。

ロールスロイス⁉

「フジくん！　またね～！」

「おつかれさん」

さっきヒナちゃんが言いかけたことを俺は反すうする。「Ｙｕｋｉはヒナのね……」知り合い……とか？　まさか、Ｙｕｋｉとヒナちゃんではだいぶ年齢が違うし、容姿も全く違う。

ヒナちゃんが金髪でスレンダー、Ｙｕｋｉは黒髪でグラマラス。どことなく猫目っぽいところが似てはいるけれど……まさかな。

「おう、藤城くん。僕も妻が怒るから先に帰るとするよ。お会計は経費で大丈夫だから、間宮くんとゆっくり楽しみなさい」

後ろから三島部長に声をかけられて、俺は反射的に「お疲れ様です」と言った。社会人として俺も板についてきたのかもしれない。

「いやー、僕も若かった頃を思い出すよ。間宮くんも情熱的だねぇ、公開らぶれたあを書いちゃうなんて」

「み、三島部長……！」

「じゃ、あとは若い二人で、ねっ！」

◆

「ふじしろさん〜、やです！」

「間宮さん、ほらもう少しでお家《うち》ですからね」

「やだやだ、まだ一緒にお話したいです」

「飲み過ぎですよ」

俺は酔って歩けなくなった間宮さんをおぶって間宮さんのマンションまで歩いている。

びっくりするほど軽いし、そして背中の柔らかい感触をできるだけ意識しないようにするので精一杯だ。

「今日は、私が頑張ったから褒めてもらうんです、藤城さんだってそうでしょう？」

むちゃくちゃである。

「は、はい」

「じゃあ、お願い聞いてくれますか？」

「物によりますよ」

「ええっ、それじゃあだめじゃないですかぁ」

「いやほら、例えばバク転しろ！　とか言われてもできないですし……」

「あははっ、藤城さんへんなのっ」

完全に酔っ払いである。

「さ、間宮さん。つきましたよ」

しばらく静かだと思ったら間宮さんは眠っていた。

「間宮さん、つきましたよ」

「うぅ……気持ち悪い」

「間宮さん、降ろしますよ……」

「ううっ、藤城さん、3階、角部屋です」

と言い残して間宮さんはまたスヤスヤ。俺は仕方なく間宮さんのバッグからなんとか片手で鍵を見つけ出してオートロックを開き、3階へと向かう。

エレベーターの扉が開いて俺は少し冷静になる。

──俺、女性の部屋入るの初めてなんだが……！

意識しただけで心臓が飛び跳ねるくらい大きく動く。大丈夫、これは介抱で仕方なく運んでるだけで下心があるわけじゃないから！

「間宮さん、入りますよ」

「おじゃましますぅ」

完全酔っ払いの間宮さんをおぶったまま俺はドアを開けた。

俺が想像した女の子の部屋……ではなく割と物が少なくて殺風景な部屋だった。ベッドの上には水族館で買った大きなシャチのぬいぐるみ。

「降ろしますよ」

「ん、ぬう」

間宮さんをゴロンとベッドに降ろすとヒールを脱がせて俺はすぐにベッドから離れた。

間宮さんは俺の背中を探しているのか手を突き出してバタバタ、俺は慌ててシャチのぬいぐるみを間宮さんに抱かせた。

ぎゅうっとシャチのぬいぐるみを抱きしめながら満足げな間宮さん。時刻は23時、終電ギリギリである。

「間宮さん、帰りますね」

俺は礼儀として一応声をかける。間宮さんはむにゃむにゃと寝言を言っているようだった。

玄関で脱ぎ捨てたスニーカーを履き直す。間宮さんが隣の席にやってきたあの日から1ヶ月強、俺も成長できたのかな。

これからはエンジニアとしての仕事が増えて、俺が思い描いた社会人生活に戻っていくんだろう。

最初は緊張したけど、楽しかったよなぁ。なんかちょっと寂しいかも。

靴紐《くつひも》を縛って立ち上がった時、背後の気配に気がついて体が硬直する。

「ま、間宮さん？」

間宮さんの声がすこしだけ震えているような気がした。

酔いが覚めたのか？

それともまだ酔っ払っているのか。

そんな風に俺が考えていると……

「帰っちゃいやです」

ぎゅっと腰に抱きついた腕、背中にぐりぐりと顔を押し付けているのかかなりくすぐったい。

間宮さんが俺に抱きついていた。俺はさらに体を硬直させる。

間宮さんの体温がじんわりと温かく、女性特有の柔らかい感触が背中から伝わってくる。

「ま、間宮さん。俺、終電が……」

普通の男ならここで振り返って間宮さんを抱きしめるんだろうか？

でも俺は、間宮さんのなんでもない。ただの仕事仲間で、間宮さんに釣り合うような男じゃない。

それに間宮さんは酔って判断能力が鈍っているんだ。そうだ、そうに決まっている。

「わ、私」

「飲み過ぎですよ、ほら今日はお水でも飲んでゆっくり休んでくださいね」

間宮さんはしばらく黙っていたが俺の背中から離れてくれない。

「藤城さんは、私のことキライですか？」

「ええっ？　嫌いなことなんてないですよ！」

「じゃあ、どうして一緒にいてくださらないんですかっ」

間宮さんが俺の背中に顔をくっつけたままで喋《しゃべ》るもんだからくすぐったい。

「そ、そりゃお付き合いする前にそういうことはよくないじゃないですかっ」

精一杯の言い訳に間宮さんの腕の力が強まる。

俺は動かない。

「わ、わたしっ……」

間宮さんは何かを言いかけてやっと俺の背中から離れてくれた。

「じゃあ、俺失礼しますね」

「あのっ、藤城さん……やっぱりなんでもないです」

俺は挨拶をするために間宮さんの方を向く。

間宮さんはずずっと洟《はな》をすする。

間宮さん、酔いが少し冷めたみたいでよかった。メイクが少し落ちて幼さが少し新鮮だ。

間宮さんにアドバイスするのはもう今日で終わりだというのに俺は——

「間宮さん、俺でよければ相談はいつでも聞くんで。気が向いたら話してくださいね」

と口走っていた。

それは間宮さんのことが知りたいと思ったからだ。というか、多分知っとかないと間宮さんと前には進めないと思った。一生「オトモダチ」のままでは間宮さんに失礼な気がした。

彼女は嫌がるだろうか？　と後悔し始めた時だった。

ぼふっ！

という生地が擦れる音。腹部がぎゅうと締め付けられてじんわりと温かくなる。驚いて腹をみると小さくてシャンプーの香りがする頭頂部が見えた。

間宮さんが俺に抱きついていた。

「藤城さん……すきぃぃ～」

ぐいっと玄関から部屋の中へ引き戻される。

俺は自然と靴を脱いでいた。

俺は抵抗することなく間宮さんの背中へ手を回す。

多分、間宮さんは俺に話したい悩みがあるのかもしれない。これからの広報のこととか、多分、仕事のこと。

俺のアドバイザーの仕事は終わったけど、相談に乗るくらい俺だってできるはずだ。

「もう少し、ここでお話しても良いですか？　間宮さっ」

チュッと聞きなれない音がして、俺は目を見開いた。目の前にあるドアップの間宮さんの顔がいい……じゃなくて‼

エピローグ

俺、藤城悠介《ふじしろゆうすけ》はキラッキラの企業で社内エンジニアをする隠キャ社員である。

「おはよう、藤城くん」

三島《みしま》部長がコーヒーをずずっとすすった。

間宮《まみや》さんは正式にこの会社の広報としてデスクを与えられ、俺には1ヶ月前の平穏なオフィスライフがこの開発部にも戻ってきた。

静かな開発部のデスク周り。

相変わらず俺と三島部長以外はリモート勤務。三島部長のコーヒーの香りだけがする。

キラキラ会社にはそぐわない部署。

あぁ、ここが俺の居場所なんだ、と改めて思う。

「今日は雪村《ゆきむら》くんのシフト日だったね、いくつか簡単なコードをやってもらってもいいかもねぇ」

ああ、ヒナちゃんのシフト日か。

今日は本格的なＷｅｂページのコーディングでもやってもらおうか、いや……ヒナちゃんには簡単なコード作成してもらうか？

「じゃあ、俺の仕事をいくつか任せてみますね」

「頼んだよ、それからね。木内《きうち》くんにこれ渡しておいてくれないかな」

三島部長から渡されたのは物品購入申請。

「これ、期限ギリギリじゃないっすか」

「ほら、僕が言うと木内くん怒るから……藤城くんは仲がいいだろう？」

俺はじとっとした目で三島部長を見つめる。

「コーヒー一杯、いやコーヒーとビスケットでどうだい？」

「わかりました」

「ありがたいありがたい」

三島部長は俺を拝むように手を合わせる。木内さん、忙しそうだけどあとで頼んでみるか。

俺はＰＣに予定を入れながらちらっと隣の席を見る。がらんと空いたデスクには誰も座っていない。

さて、朝のタスクを終わらせるか。

「おはようございまーす！」

聞きなれた声は間宮さんだ。社内がざわつくのはいつものこと。きっと間宮さんは今日もキラッキラで超美人、社内中の視線を集めるアイドルだ。

「藤城さん、おはようございます！」

間宮さんは俺の隣のデスクにどんっとカバンを置く。

——ええ？

俺はゆっくり、ゆっくり間宮さんに視線を向ける。

夏らしい半袖のブラウスにふわふわの巻き髪、多分メイクもちょっと夏っぽい。両手にはアイスコーヒー。

「藤城さん、コーヒー買ってきました！　一緒に飲みましょう！」

「ま、間宮さん？」

俺を見てきょとんとする間宮さん。

「あぁ、言い忘れてたっけかね、よっこいしょうきちっと」

三島部長が立ち上がると間宮さんの横に並んだ。

「引き続き、間宮くんにはこの席で藤城くんと一緒に頑張ってもらうってきまったんだった」

三島部長と目を合わせてにっこりと微笑《ほほえ》んだ間宮さん。

「仮……じゃなくて正式にこの席にしていただいたんですっ。これからもよろしくお願いしますっ、藤城さん」

間宮さんは勢いよくお辞儀をした。

そう、勢いよく。

アイスコーヒーを両手に持ったまま。

――バッシャーン！

「つめてぇぇぇ‼」

「ご、ごめんなさい～～～‼」

俺の達成感と寂しさはどこへやら……。このぽんこつかわいい先輩と俺のオフィスライフはこれからも続いていくみたいだ。

あとがき

こんにちは、皆様初めまして！　小狐《こぎつね》ミナトです。

この度は『ぽんこつかわいい間宮《まみや》さん』をお手にとってくださりありがとうございます。

自身初めてのライトノベルが「オフィスラブコメ」というちょっと珍しいジャンル。紆《う》余曲折《よきょくせつ》あったけれど、可愛《かわい》い間宮さんは皆様の元に届いているでしょうか？

ウェブではカクヨムコンに参加した本作ですが結果は振るわず落ち込んでいたところ、担当編集者様に声をかけていただいて書籍化作業を進めて、半年ほど。

やっと最高に可愛い間宮さんたちが完成しましたよ！

初めての書籍化にあたって作者が思ったのは「描きたいエピソードが多すぎてなくなくカットする作業」がとても心苦しかったということ。

　間宮さんはウェブで連載をしている時からかなり人気のヒロインで、作者としても描くのがとても楽しく「次はどんなことをしてくれるんだろう？」と思わせる不思議でちょっと暴走気味な、いいヒロインになったんじゃないかな？　という思いです。

　そもそも、私がこの作品を書き始めるにあたって「一生懸命頑張るドジな女の子って最高じゃね？」と思ったのがきっかけだったりします。

　間宮さんは何事にも（もちろん恋にも）一生懸命で健気《けなげ》で最高に可愛い女の子です。ドジっ子と天然ボケのちょうど間の「ぽんこつ属性」です。

　あとお胸が大きいのは作者の好みです。

　次に木内《きうち》さん。木内さんはウェブ版で「どうか木内さんを救ってくれ」と声が上がった間宮さんのライバル的立ち位置の登場人物でした。

　木内さんは作者の中で儚《はかな》くて消えてしまいそうなサチウス美女というイメージから生まれたヒロイン。なんと、書籍版では幼馴染《おさななじみ》属性や主人公の前でだけ大人しくて可愛くなっちゃう属性もついてしまいました。２巻でお会いすることができればそんなサチウス幼馴染の木内さんから迫ってもらえるかも。

　書籍版ではより魅力的に、そしてより可愛く仕上がっていると思います！

　最後にヒナちゃん。ウェブ版ではちょいと登場しただけの女の子でしたが小悪魔系ＪＫ

に大変身！

お胸に自信はないけど主人公すきすきアピールは他の２人に負けてないですよ！

ヒナちゃんは本作で何やら隠し事がある様子。他のヒロインに比べると、唯一の10代なのでそれはもうぐいぐいと主人公に迫っていましたね。お姉さんたちに負けじとアピールするヒナちゃんにもファンがたくさんついてくれますように。


ぽんこつかわいくて、グイグイ攻めてくる暴走娘こと間宮さんとのお仕事生活はとっても魅力的でドキドキできるものになったと思います。

他のヒロインたちや優しい上司と過ごすラブコメチックで楽しいオフィスライフも、本書でお楽しみいただけていたら幸いです。


ところで皆さん、見ましたか？

本作のイラストを担当してくださったおりょう先生の、素敵で可愛くてちょっとえちえちなイラストを！

イラストとして具現化されたヒロインたちの作画が上がってくるたびに、作者はキュン死にしておりました。本作の口絵や挿絵の一枚一枚が素敵で可愛いので是非穴が空くほど見て欲しいです！


ここで、皆様にお礼を申し上げたいと思います。

イラストを担当してくださったおりょう先生。おりょう先生からイラストが上がってくるたび作品やキャラクターへの愛を感じておりました。素敵なイラストをありがとうございます！

ウェブから本作を探し出し、素人《しろうと》だった私を指導してくださった担当編集者様。キャラクターイメージを実在の人物で提出して編集者様を困惑させたことが懐《なつ》かしいです。粘り強く相談に乗ってくださりありがとうございました。

そして、書籍製作にあたって関わってくださったスタッフの皆様、2021年1月の連載当初からカクヨム上で応援し続けてくださった読者の皆様！

皆様のおかげでこうして書籍として世に出すことができました。本当にありがとうございます！

そして最後に作者から一言だけ。
『ぽんこつかわいい間宮さん』２巻でまた皆様にお会いできますように！

※本書はカクヨムに掲載された「お願い！教えて？〜社内の超美人広報が陰キャな俺のデスクになぜか居座る件〜」を改題・加筆修正したものです。

お便りはこちらまで

〒一〇二-八一七七
ファンタジア文庫編集部気付
小狐ミナト（様）宛
おりょう（様）宛

富士見ファンタジア文庫

ぽんこつかわいい間宮《まみや》さん

～社内《しゃない》の美人広報《びじんこうほう》がとなりの席《せき》に居座《いすわ》る件《けん》～

令和４年４月20日　初版発行

著者――小狐《こぎつね》ミナト

発行者――青柳昌行

発　行――株式会社KADOKAWA
〒102-8177
東京都千代田区富士見2-13-3
0570-002-301（ナビダイヤル）

印刷所――株式会社暁印刷

製本所――本間製本株式会社

ISBN978-4-04-074479-7　C0193　◇◇◇

ファンタジア文庫
何気ない一言も
キミが一緒だと
経験
経験
お付
著／長岡マキ子
イラスト／magako

学校……じろじろ見ないで
【朗報】
俺の許嫁になった地味子、家では可愛いしかない。
＼秘密の結婚生活《ラブコメ》！／

雨音恵
ILLUST
kakao

「葉さん、早く着替えないと遅刻するよ?」

「勇也君が着替えさせてくれます?」

「はい⁉何言ってるの⁉」

「ぬーがーしーてー」

「え⁉え、いや、やっぱり…その…」

「わかった……ハミガキ終わったら脱ごうか」

「ほら早く!」

「……勇也君⁉」

#同棲 #一緒にハミガキ #カップル通り越して夫婦 #糖度300%

I'm gonna live with you not because my parents left me their debt but because I like you

これは世界を救う

久遠崎彩禍。三〇〇時間に一度、滅亡の危機を迎える世界を救い続けてきた最強の魔女。そして——玖珂無色に身体と力を引き継ぎ、死んでしまった初恋の少女。

無色は彩禍として誰にもバレないよう学園に通うことになるのだが……油断すると男性に戻ってしまうため、女性からのキスが必要不可欠で!?

シン世代ボーイ・ミーツ・ガール!

1

王様のプロポーズ

King Propose

橘公司
Koushi Tachibana

[イラスト]——つなこ

騙しあい。

各国がスパイによる戦争を繰り広げる世界。任務成功率100%、しかし性格に難ありの凄腕スパイ・クラウスは、死亡率九割を超える任務に、何故か未熟な7人の少女たちを招集するのだが——。

シリーズ
好評発売中！

ファンタジア文庫

世界最強の
“不可能任務”に挑む少女たちの
痛快スパイファンタジー！
スパイ教室
竹町
illustration
トマリ